서쪽 마녀가 죽었다

NISHI NO MAJO GA SHINDA
by NASHIKI Kaho

Copyright © 1994 by NASHIKI Kaho
All rights reserved.
Originally published in Japan by SHINCHOSHA Publishing Co., Ltd., Tokyo.

Korean Translation Copyright © 2009 by BIR
Korean translation edition is published by arrangement with SHINCHOSHA Publishing
Co., Ltd., Japan through THE SAKAI AGENCY and IMPRIMA KOREA AGENCY.

이 책의 한국어판 저작권은 THE SAKAI AGENCY와 IMPRIMA KOREA AGENCY를 통해
SHINCHOSHA Publishing Co., Ltd., Japan과 독점 계약한 **(주) 비룡소**에 있습니다.
저작권법에 의해 한국 내에서 보호를 받는 저작물이므로 무단 전재와 무단 복제를 금합니다.

서쪽 마녀가 죽었다

나시키 가호 지음
김미란 옮김

서쪽 마녀가 죽었다. 4교시 과학 수업이 막 시작되려는 참이었다. 사무를 보는 언니가 마이에게 엄마가 바로 데리러 온다고 하니 가방을 챙겨 교문에서 기다리라고 했다. 분명히 무슨 일이 일어난 것이다.

지루한 일상이 갑자기 극적으로 변할 때의 불안과 기대가 걷잡을 수 없었다. 마이는 두근대는 마음으로 교문 앞에서 엄마를 기다렸다.

잠시 후, 암녹색 자동차를 몰고 엄마가 나타났다. 영국인과 일본인의 혼혈인 엄마는 검정에 가까우면서도 검정보다 부드러운 머리카락과 눈동자를 가지고 있었다. 마이는 엄마의 눈이 좋았다. 하지만 마이가 좋아하는 엄마의 눈은 피곤에 찌들어 더 이상 빛나지 않았고 얼굴도 창백했다.

엄마는 차를 세우고는 타라고 손짓했다. 마이는 긴장하여 재빨리 차에 올라타고 문을 닫았다. 차는 바로 출발했다.

"무슨 일이야?"

마이가 머뭇머뭇 물었다.

엄마는 깊은 한숨을 내쉬었다.

"마녀가…… 마녀가 쓰러졌어. 가망이 없는 것 같아."

그 순간 마이 주위의 모든 색과 소리가 사라졌다. 귀 안쪽에서 윙하고 피가 흐르는 소리가 들리는 것만 같았다.

사라졌던 색과 소리는 조금씩 돌아왔지만 결코 바로 조금 전과 같을 수는 없었다. 마이의 세계가 원래대로 돌아오는 일은 두 번 다시 없을 것이다.

"아직……"

'살아 있어?'라고 물어보려다가 마이는 입을 다물었다. 대신 한숨을 내쉬며,

"말은 할 수 있어?"

라고 물었다.

엄마는 고개를 저었다.

"전화가 왔는데 심장 발작이래. 쓰러져 있는 걸 발견했는데

이미 맥박이 뛰고 있지 않았대. 병원에서 해부를 하겠다고 하는 모양인데, 그 사람은 그런 걸 절대 싫어하는 타입이잖아. 거절했어."

그래, 그 사람은 그런 '타입'이지. 마이는 의자를 뒤로 넘기면서 두 팔로 눈을 덮었다. 몸이 가라앉는 것 같았다. 슬픔보다는 충격이 컸다. 앞으로 여섯 시간이나 차를 타야 한다. 고속 도로까지 한 시간, 고속 도로로 네 시간, 고속 도로에서 또 한 시간. 이 조그만 차가 그렇게 오래 달리는 것은 무리다. 지면에 바짝 엎드려서 가는 차였다.

마이는 팔을 내리고 앞면 유리창을 응시했다. 비가 한 방울씩 떨어지기 시작했다. 엄마는 아직 와이퍼를 작동시키지 않고 있었다. 어제 텔레비전에서 장마가 시작될 거라고 했다. 아, 텔레비전이 아니라 기상청이지.

빗발이 점점 더 거세지더니 앞이 잘 보이지 않았다. 엄마는 아직도 와이퍼를 작동시키지 않았다.

마이는 엄마를 힐끗 훔쳐보았다. 엄마는 울고 있었다. 소리도 내지 않고 그저 눈물이 멋대로 흘러내리는 것처럼. 오래전에도 본 적이 있는 엄마의 울음이었다.

"와이퍼!"

마이가 조그맣게 말했다.

엄마는 혼란스러운 모양이었다. 곧 자신이 눈물을 흘리고 있다는 걸 깨닫고 겨우 바깥 세계로 정신이 돌아온 것 같았다.

"아, 비가 내리고 있었네."

그제야 와이퍼를 작동시켰다. 물방울이 와이퍼에 밀릴 때마다 플라타너스 가로수의 새싹이 나타났다 사라지고 사라졌다 나타나곤 했다.

플라타너스 싹이 돋아나는 모양을 보고 있으면 '발발(勃發)한다'는 느낌이 든다. 마이는 그런 생각을 하며 주머니에서 손수건을 꺼내 엄마에게 건네주었다.

"고맙구나."

엄마는 기계적으로 말하며 핸들을 한 손으로 잡은 채 눈물을 닦았다.

마이는 점점 더 몸이 무거워지는 듯한 착각에 빠졌다. 그리고 이 년 전, 계절이 초여름으로 바뀌던 이맘때쯤 할머니와 같이 보낸 한 달의 기억이 통째로 빨려 나왔다. 방과 뜰의 냄새, 광선의 모양, 공기의 감촉들이 코 안쪽에서부터 선명하게 되살아났다.

"그래, 그 사람은 진짜 마녀야."

엄마가 심각한 얼굴로 비밀을 털어놓던 그날부터 둘만 있을 때에는 언제나 할머니를 '서쪽 마녀'라고 불렀다.

그 한 달 동안의 일을······.

이 년 전 5월, 마이가 초등학교를 졸업하고 중학교에 막 들어갔을 때였다. 학기 시작은 언제나 환절기의 천식이었다. 발작이 일어나지는 않았지만 마이는 학교에 갈 수 없었다. 학교에 간다는 생각만으로 숨이 막히는 것만 같았다.

엄마는 당황했다. 그러나 현명했다. 달래거나 화를 내는 등의 쓸데없는 짓에 에너지를 전혀 소비하지 않았다. "이제 슬슬 학교에 가는 게 좋지 않을까?"라고 말했던 엄마에게 마이가 엄마의 눈을 똑바로 바라보며 또박또박 말했기 때문이다.

"난 학교에 안 가. 그곳은 내게 고통만 줄 뿐이야."

엄마는 바로 포기했다. 마이가 이렇게까지 말할 때는 굉장히 심각한 거니까. 하지만 이렇게 말했다.

"알았다. 그럼 얼마 동안 학교는 쉬기로 하자. 중학교에 들어간 지 겨우 한 달이잖아. 그렇게 쉽게 결론을 낼 건 없어. 아직 몸도 완전히 회복되지 않았잖아. 이 주일 정도 지나면 건강도 좋아질 테고 괜찮을 거야."

엄마는 왜 학교가 고통만 줄 뿐인가에 대해 전혀 물어보려

하지 않았다. 오히려 알게 될까 봐 겁이 났을지도 모른다.

엄마는 혼혈이었다. 그 때문에 학교에 쉽게 적응하지 못했다. 그 당시만 해도 외국인 학교가 그리 흔하지 않았다. 마이의 이야기를 듣고 나서 지나간 학교 생활을 떠올리는 것이 싫었을지도 모른다.

마이는 생각했다.

'그래도 엄마는 대학도 졸업했잖아. 굉장한 거지. 그런데 난 벌써 중학교에서 포기하려고 하다니……'

그날 밤, 엄마는 지방에서 혼자 지내고 있는 아빠에게 전화를 했다. 마이는 침대에 누워 자는 척했지만 숨을 죽이고 전화 내용을 듣고 있었다.

"……응, 천식 발작은 없는데 학교에 안 가겠다네……. 그래요. 너무 혼내지 마세요. 오히려 역효과니까. 이유? 글쎄……, 마이는 어쨌든……. 뭐라고 할까, 감수성이 너무 예민해서. 뭔가 상처를 받은 게 분명한데……. 어렸을 때부터 좀 다루기 힘든 아이였잖아요. 살아가기 힘든 타입이죠. 우선 시골 어머니 집에 보낼까 해요. 공기도 좋으니까 천식에도 좋을 거고……. 등교 거부라는 말은 들어 봤지만 설마……, 우리 마이가 그럴 줄 몰랐죠. 청천벽력 같아요. ……응, 그렇게 단정하기에는 너무 빠르다는 것은 알지만 지금까지 계속 모범생이었잖아요. 설마…….”

 그러고는 아빠의 일에 대해 물어보는 소리가 들렸지만 그건 마이에게 관심 밖의 일이었다. 엄마는 나에게 실망한 것이다. 마이는 그게 제일 슬펐다. 뛰쳐나가서 '엄마, 미안해.'라고 말하고 싶었다. 그렇지만 마음 한쪽에 '다루기 힘든 아이', '살아가기 힘든 타입'이라는 말이 가시처럼 아프게 걸렸다. 마이는 그 말이 사실이라는 것을 알고 있었다.

 “인정할 수밖에 없어.”

 마이는 신음처럼 조그맣게 중얼거렸다. 이 말은 처음 해 보는 말이었다. 마이는 왠지 어른이 된 기분이었다.

 “그건 인정할 수밖에 없네.”

 마이는 다시 한 번 중얼거렸다. 이 말이 완전히 자기 것이 된 것만 같았다. 학교에 가는 것에 비하면 이 정도는 참을 수 있다고 스스로 다독거렸다. 그보다도 엄마는 '시골 어머니 집에 보낼까 한다.'고 했다.

 마이는 어렸을 때부터 할머니가 좋았다. '할머니가 정말 좋아.'라는 말을 무슨 일이 있을 때마다 연발했다. 아빠나 엄마한테는 왠지 부끄러워서 좋아한다는 말을 할 수 없었다. 할머니가

외국 사람이어서 오히려 직접적인 감정 표현이 가능한 건지도 모른다. 그럴 때마다 할머니는 웃으며,

"아이 노우.(I Know.)"

라고 대답했다. 패턴처럼 굳어져 버린 그 말은 마치 동지 사이의 비밀 암호 같았다.

마이는 할머니와 같이 지낸다는 생각만으로도 즐거워졌다. 그러나 한편으로는 약간 불안하기도 했다. '함께 지낸다'는 것은 가끔 '놀러 간다'는 것과 다르다는 생각이 들었다.

내 전부를 알고 나면 할머니가 실망하지 않을까? 엄마가 실망한 것처럼. 게다가 할머니에게는 깊이를 가늠할 수 없는 부분이 있어 마이는 조금 겁이 났다.

그러나 그 부분이 바로 마이가 할머니에게 끌리는 이유이기도 했다.

다음 일요일, 마이는 엄마가 운전하는 차로 할머니 집으로 향했다. 그 당시에는 할머니 집에서 한 시간쯤 걸리는 곳에 살았다.

보스턴백과 상자에다 교과서와 문방구, 옷, 만화, 책, 칫솔, 심지어는 컵까지 쌌다.

"할머니 집에도 컵은 있어."

엄마는 어처구니없어 했지만 항상 쓰던 컵이 있으면 그 주변이 왠지 나만의 장소가 되어 앞으로 앓게 될 향수병을 막을 수 있을 것 같았다.

마이는 때때로 지독한 향수병에 걸리곤 했다. 집에 있을 때조차 향수병에 걸리는 경우가 있으니 향수병이라고 하는 건 좀 이상하지만, 마이에게는 역시 향수병이라고밖에 할 수 없다. 가슴이 막막해지는 것 같은 외로움을 느끼는 것이다.

왜, 어디에서 그런 감정이 생기는 건지, 할머니 집에서도 똑같이 느낄 것인지, 이 컵이 어느 정도 효과가 있을지, 아무것도 짐작할 수 없었지만 만전을 기할 필요가 있었다.

엄마의 차는 구불구불한 언덕을 올라 산길로 들어섰다.

드디어 오른쪽으로 어두침침한 대나무 숲이 나오고 다 허물어져 가는 인가가 보였다. 마당에서 몇 마리나 되는 개들이 일제히 짖기 시작했다.

엄마는 속도를 줄이고 왼쪽으로 뻗은 조그만 길로 핸들을 꺾었다. 엄마의 작은 차가 겨우 들어갈 수 있는 좁은 길이었다. 단풍나무가 길 양쪽에서 가지를 뻗으며 긴 터널을 만들고 있었다.

차는 나무 터널 끝 모퉁이를 돌자 마이의 키보다 조금 높고 유적지에나 있을 법한 낡은 일주문을 지나 멈추었다.

거기서부터 이미 할머니네 앞마당에 들어선 것이다. 마당 중앙에는 커다란 떡갈나무 한 그루가 서 있었고 그 주변에는 여러 가지 꽃과 나무가 우거져 있었다.

차 문을 열고 내리자 할머니가 집에서 나왔다.

검정에 가까운 커다란 갈색 눈동자, 지금은 반백이 된 아무렇게나 묶은 갈색 머리. 큰 골격의 할머니는 이를 보이지 않고 씩 웃으며(아무리 봐도 비웃는 듯하지만) 가만히 마이를 바라보고 있었다.

엄마는 할머니에게 다가가 할머니의 어깨에 오른팔을 두르고 왼팔로 온몸을 껴안으며 양쪽 뺨을 비비고는 마이를 돌아보았다.

"할머니 오랜만이네."

마이도 가까이 다가가며 인사를 했다.

"왔구나."

할머니는 유창한 일본어로 대답하고는 마이의 얼굴을 두 손으로 감싸듯이 쓰다듬었다.

잠시 후 마당을 가로질러 집 반대편으로 돌아 부엌문을 통해 식당으로 들어갔다.

부엌문은 유리로 되어 있고 문을 열면 세 평 정도의 일광욕실이 있어서 막상 식당으로 들어가기 위해서는 다시 문을 열어야만 했다. 식당이라고 해야 맨땅에 타일을 간 정도지만, 신발을 신은 채 드나들 수 있었다.

식당에는 뒤뜰로 난 창쪽으로 식탁과 의자가 놓여 있었다. 모두 식탁 앞에 앉아 할머니가 타 주신 차와 함께 비스킷을 먹었다. 엄마는 들어오는 길에 보니 마을이 많이 변했다는 것, 아빠가 부임지에서 건강하게 잘 지내고 있다는 것, 나무들이 싱싱하다는 것 등 마이와 관계 없는 이야기만 했다.

마당에는 요리를 하면서 바로 뜯어 쓸 수 있는 파와 산초, 파슬리, 세이지, 민트, 펜넬, 월계수 등이 심겨 있었다. 마이는 멍하니 밖에 있는 초목들이 햇빛을 받아 싱싱하게 반짝이고 있는 모습을 바라보았다. 그리고 엄마의 이야기가 좀처럼 핵심으로 들어가지 않는 것을 신경 쓰고 있었다.

마이는 일어나서 문 사이의 조그만 일광욕실로 들어갔다. 밖도 아니고 안도 아닌 공간. 유리 벽에 걸쳐져 있는 가느다란 판자에는 조그만 화분과 전정가위, 물뿌리개 등이 놓여 있었다. 바닥은 흙탕물로 심하게 더러워져 있었다. 바닥의 벽돌 사이에는 잡초까지 자라고 있었다.

엄마가 목소리를 낮췄다. 이제 '다루기 힘든 아이'에 대해 말하려는 걸까? 하지만 무슨 말을 하는지 잘 들리지 않았다.

마이는 쪼그리고 앉아 잡초를 뚫어지게 쳐다보았다. 조그마한 파란 꽃이 피어 있었다. 물망초를 조그맣게 축소해 놓은 것 같은 꽃이었다.

갑자기 할머니의 힘찬 목소리가 들려왔다.

"나야 마이와 함께 지내는 것은 즐겁지. 난 항상 마이가 태어나 준 것에 감사하고 있으니까."

마이는 눈을 꼭 감았다. 그리고 천천히 심호흡을 하며 다시 눈을 떴다. 이 조그마한 파란 꽃은 왜 이리 예쁠까? 마치 존재 자체가 반짝반짝 빛나는 것만 같았다. 마이는 두 손으로 꽃을 감쌌다.

"마이!"

엄마가 마이를 불렀다.

마이는 튕기듯이 일어났다.

엄마는 웃고 있었다.

"샌드위치를 만들자. 뒤뜰에 있는 양상추와 금련화를 좀 뜯어 올래?"

"네!"

마이는 큰 소리로 대답하고 밖으로 뛰어나갔다.

밭은 월계수 나무 건너편에 있었다. 밭으로 들어가자 부드러운 흙 속에 발이 빠졌다. 잡초투성이 밭이었다. 이슬 때문에 무릎까지 젖었다. 양상추가 너무 크게 자라 있어 가운데 부분만 힘을 주어 꺾지 않으면 안 되었다. 너무 힘을 준 탓에 살찐 배추벌레가 떨어져 순간 소름이 돋았다. 급히 밭에서 나와 월계수 나무 밑동에서 자라고 있는 금련화 잎을 몇 장 따서 식당으로 돌아왔다.

엄마는 얇게 썬 빵에 버터를 바르고 있었고, 할머니는 오믈렛을 만들고 있었다. 버터에 계란이 녹는 맛있는 냄새가 온 집 안에 진동하고 있었다.

"이거면 됐어?"

마이는 엄마나 할머니를 향해서가 아니라 그냥 큰 소리로 물었다.

"응."

그러자 엄마와 할머니는 동시에 대답하고는 흠칫 놀라 서로 얼굴을 마주 보더니 엄마가 양보하는 표정으로 어깨를 으쓱하며 웃었다.

"그걸 씻어서 물을 빼 주렴."

할머니가 마치 지시라도 내리는 것처럼 천천히 말했다.

"양상추는 몇 장?"

"서너 장쯤?"

마이는 양상추 석 장 반을 뜯고 금련화도 같이 체에 넣어 씻어 놓았다.

"고맙다."

할머니는 양상추를 한 장씩 손바닥에 놓고 탁탁 두드려 물기를 빼 납작하게 만든 후 적당한 크기로 찢어 엄마가 버터를 바른 빵 위에 올려놓았다. 그러고는 냉장고에서 햄을 꺼내 그 위에 한 장씩 놓고 금련화도 같은 방법으로 빵 위에 올려놓았다.

나머지 빵에는 양상추만 몇 장 놓고 소금을 뿌리고 오믈렛을 올려서 샌드위치를 만들고는 도마 위에서 빵 귀도 떼지 않은 채 쓱쓱 삼등분으로 썰었다. 그동안 엄마는 끓는 물을 포트에 넣어 홍차를 준비했다.

"마이, 찬장에서 접시 좀 꺼내 줄래?"

할머니의 말에 마이는 커다란 원형 접시를 꺼냈다.

"이거?"

"그래. 그게 식사용이다."

마이는 접시 석 장을 꺼내 싱크대 위에 나란히 놓았다. 할머니는 그 위에 샌드위치를 놓고 싱크대 서랍에서 테이블보를 꺼내 식탁에 깔았다.

"마이, 컵 좀 가져와라."

"마이 좀 봐요. 글쎄 자기 컵까지 가져왔대요."

엄마가 마이를 쳐다보았다.

"아 참, 짐이 아직 차 안에 있지? 마이, 가서 가져와."

"응? 나 혼자 전부?"

"보스턴백 하나에 상자 하나잖아. 차에 캐리어가 있으니까 한꺼번에 가져올 수 있을 거야."

"알았어."

마이는 한숨을 내쉬면서 부엌에서 나왔다. 차가 서 있는 앞마당으로 나오자 모르는 남자가 차 안을 기웃거리고 있었다.

그 남자는 한여름의 그림자처럼 새까만 사람이었다. 보기 싫을 정도로 살이 찌고 눈만 이상하게 번들거리고 있었다.

마이는 멈칫했지만 차에서 짐을 내려야 했다. 그 남자도 마이를 보자 무안한 듯 눈을 피했다. 차 안에는 할머니 집으로 오는 도중에 먹은 과자 봉지와 주스 캔 등으로 어질러져 있었다.

"안녕하세요?"

마이는 남자의 뻔뻔함에 화가 나서 사납게 말을 걸었다.

남자는 놀란 듯이 마이를 쳐다보고는 입안에서 우물거리는 소리로 '음'인가 '흠'인가 애매하게 얼버무렸다. 그러고는 갑자기 소리를 질렀다.

"너 이놈, 어디서 온 누구냐!"

"여기는 우리 할머니 집이에요."

마이는 깜짝 놀랐지만 침착하게 대답했다.

남자는 마이를 뚫어지게 쳐다보더니 "놀러 왔냐?" 하고 물었다. 역시 커다란 목소리였다.

마이는 잠시 망설였지만 "얼마 동안 여기서 지낼 거예요." 라고 말하고는 "몸이 아파서요."라고 조그맣게 덧붙였다.

"팔자도 좋다."

남자는 내뱉듯이 말하고는 문을 나갔다.

마이는 너무 화가 나서 속이 뒤집어지는 것만 같았다. 트렁크를 열 때도 손이 떨려 힘을 줄 수가 없었다.

내가 왜 이런 소리를 들어야 하지? 말도 없이 남의 집에 들어와서 '너 이놈, 어디서 온 누구냐!'라고? 왜 저렇게 당당한 거야?

마이는 트렁크에서 캐리어를 꺼내 탁탁 소리를 내며 신경질적으로 조립하고는 상자를 싣고 그 위에 보스턴백을 올렸다. 방금 전까지의 즐거운 기분은 어디론가 모두 사라져 버리고 없었다. 게다가 캐리어에 끈을 감는 걸 잊고서는 조심성 없이 확확

끌어 당겼더니 몇 번이나 가방이 굴러떨어졌다.

부엌에 들어가자 할머니와 엄마가 마이를 기다리고 있었다. 마이는 눈물이 나는 것을 참으며 사건의 전말을 설명했다.

"웃기는 사람이네. 누구지?"

엄마는 어처구니없다는 표정으로 할머니에게 물었다.

"아마 겐지 씨일 거야. 개들이 짖고 모르는 차가 들어오니까 걱정이 되어 보러 온 걸 게다."

할머니는 마이에게 앉으라고 하면서 아무렇지 않게 말했다.

"겐지 씨? 어머, 그 사람이 돌아왔어요?"

엄마는 눈썹을 찡그리며 가방을 열고 마이의 컵을 꺼내 씻어 왔다. 몇 번이나 떨어뜨렸는데도 다행히 컵은 깨지지 않았다.

"그 사람이 누군데? 어디에 살아?"

마이가 흥분해서 물었다.

"겐지 씨는 도로 저쪽 집에 살아. 내가 가끔 정원 청소나 물건 사는 걸 부탁하곤 하지."

할머니는 마이의 컵에 우유를 따르고 홍차를 넣어 마이 앞에 놓았다.

"예쁜 컵이구나. 마이는 예쁜 것을 좋아하는구나."

마이는 한숨을 내쉬고는 한 모금 마셨다. 홍차가 진해서 향도 좋고 맛도 좋았다.

마이는 할머니의 말투에서 그 남자를 감싸려는 걸 느끼고 기분이 좋지 않았지만 흥분을 가라앉혔다.

"도로 건너편이라면 아까 개들이 엄청나게 짖어 대던 곳이잖아. 전에 왔을 때는 개가 없었는데……."

"겐지 씨는 아랫마을에 살다가 최근에 집으로 돌아왔단다. 아버지가 돌아가셔서 말야."

엄마가 할머니 쪽으로 돌아서며 작은 목소리로 물었다.

"역시 이혼했죠?"

할머니는 샌드위치로 손을 뻗으며 대답했다.

"글쎄다. 지금은 혼자 살고 있는 것 같더라만."

마이도 샌드위치를 손에 들고 금련화 잎을 슬쩍 뺐다. 와사비도 아니고 겨자도 아닌 비릿한 맛을 좋아하지 않았다. 엄마는 금련화 잎을 빼는 마이에게 아무 말도 하지 않았다.

"그 사람, 자주 와?"

마이는 샌드위치를 한 입 베어 물며 침착하게 물었다.

"그렇게 자주는 안 와. 그보다도 방을 어떻게 하지? 이 층 다락방 중에서 어느 쪽 방으로 할 거야?"

갑자기 생각지도 못한 이야기로 화제가 바뀌는 바람에 마이는 당황하며 열심히 머리를 굴렸다.

일 층에는 앞마당과 이어진 응접실과 벽장, 그리고 할머니 방을 중심으로 뒤쪽에는 부엌이 있다.

다락방이라고 불리는 이 층에는 앞마당을 향해 할아버지가 쓰던 창고와 같은 방과 뒤뜰 쪽으로 엄마가 쓰던 방이 있었다. 광석을 좋아했던 할아버지 때문에 할아버지 방은 아직도 돌투성이였고, 혹시라도 낮에 본 남자가 또 나타나지 않을까 불안하기도 해서 마이는 뒤뜰이 보이는 엄마 방을 쓰기로 했다.

"난 엄마 방으로 할래."

그렇게 말하자 엄마가 싱긋 웃었다.

"그 방에 들어가 본 지도 오래됐네. 아직도 그대로예요?"

"그대로지."

"잠깐 가 볼게요. 청소도 해야 하고."

엄마는 황급히 이 층으로 올라갔다. 할머니는 씩 웃으며 마이에게 눈을 찡긋 했다.

"엄마는 마이에게 보이고 싶지 않은 것을 치우러 간 거야."

"응?"

마이는 깜짝 놀랐다.

"뭘까? 보고 싶다."

할머니는 고개를 저었다.

"안 돼, 마이. 너도 다른 사람에게 보이고 싶지 않은 것이 있잖아."

"그런가?"

마이가 얼버무렸다.

"사람은 누구나 어른이 되어 갈 때 그런 것이 생기는 거야. 마이 엄마는……"

할머니는 담배와 성냥, 재떨이를 꺼내 담배에 불을 붙이며 말을 이었다.

"그 방에서 자랐으니까 여러 가지가 있을 거야."

마이는 할머니의 담배가 싫지 않았다. 할머니도 그걸 알고 있었다. 하지만 엄마는 마이의 천식을 무기로 아빠에게 담배를 끊게 할 정도로 예전부터 담배 연기를 싫어했다. 그래서인지 할머니는 엄마 앞에서는 담배를 피우지 않았다.

식탁은 장방형으로 크지도 작지도 않았다. 5~6센티미터 높이의 조그만 도자기 화병에는 뜰에서 꺾어 온 꽃이 앙증맞게 꽂혀 있었다.

뒤뜰로 난 창가에는 할아버지의 사진이 놓여 있었다. 희끗희끗한 수염을 아무렇게나 기른 갸름한 얼굴에 밀짚모자가 그림자를 드리우고 있었다. 여름에 이 집 앞마당에서 찍은 사진이다. 할아버지는 눈을 가늘게 뜨고 웃고 있었다. 할아버지 옆에는 '브라키'라고 불리던 검은 개가 영리한 눈을 하고 이쪽을 보고 있었다. 브라키도 할아버지도 지금은 이 세상에 없다.

마이는 이 사진이 좋았다.

할아버지는 오래전, 사립 중학교 과학 선생님이었다. 그리고 그 학교에 영어 선생님으로 부임해 온 할머니와 만나 결혼했다. 할아버지는 마이가 어렸을 때 돌아가셔서 거의 기억에 없었다.

할아버지와 할머니가 만나지 않았다면 엄마는 태어나지 않았을 테고, 나도 지금 여기에 없을 거야. 아니 만약 할머니가 일본에 오지 않았더라면…….

꼬리에 꼬리를 무는 생각이 왠지 신기했다.

"할머니, 할머닌 왜 일본에 왔어?"

"메이지 시대(1867~1912)초기에 우리 할아버지, 그러니까 마이에게는 고조부가 되는 분이 일본으로 여행을 오셨지. 그리고 일본인의 예의와 친절함, 의연하고 정직한 마음에 감명을 받고 영국에 돌아오셨단다. 난 어렸을 때부터 할아버지에게 일본 이야기를 듣고 자랐어. 그러다 보니 일본이 마치 연인이라도 된 것 같더구나."

할머니는 담배 연기를 길게 내뿜으며 그때를 회상하는 것처럼 창 밖의 먼 곳을 바라보았다.

"어른이 되어 교회 활동을 하게 되었는데 마침 거기에서 일본으로 파견할 영어 교사를 모집하고 있었지. 난 한 치의 망설임도 없이 바로 응모했단다."

"아무도 반대하지 않았어?"

"할아버지의 영향으로 우리 가족은 모두 일본을 좋아했거든. 하지만 그때까지만 해도 내가 이렇게 오랫동안 일본에서 살 거라고는 생각하지 못했을 거야. 고모만 빼고."

"그럼 한 번도 영국에 가지 않았어?"

"신혼여행으로 한 번, 그리고 부모님이 돌아가셨을 때 한 번 갔었지."

"결혼을 반대하지 않았어?"

"기뻐하지는 않았지. 처음에는 말야. 불안하셨을 거야. 하지만 고모가 난 아주 옛날부터 일본인과 결혼할 운명이었다고 감싸주셨단다. 그리고 모두 마이 할아버지를 좋아하게 되었거든. 전혀 문제가 되지 않았어. 마이 할아버지는 우리 할아버지가 말했던 그대로의 일본인이었거든."

"그럼 할머니는 어렸을 때부터 할아버지를 사랑한 거나 마찬가지네."

"후후, 그럴지도 모르지. 사람의 운명이라는 것은 여러 가지 복선으로 짜이는 건가 봐."

탕 하고 이 층에서 방문을 닫는 소리가 나고 계단이 하나하나 삐걱거리는 소리가 나더니 엄마가 내려왔다.

"꽤 오래 있었구나."

할머니가 부드럽게 엄마에게 말을 건넸다.

"응."

엄마는 한숨을 쉬며 식탁으로 다가왔다.

"마이가 책상이랑 책장을 쓸 수 있도록 상자에 짐을 넣고 정리했는데……."

"하나하나가 다 새롭지?"

"정말 그랬어. 마지막으로 상자를 테이프로 붙일 때는 내 인생이 마치 상자에 봉인되는 느낌이었어."

마이는 그때 엄마의 기분을 알 것 같았다. 아직 태어나서 십삼 년밖에 살지 않았지만…….

그날 엄마는 마이와 같이 다락방에서 자고 다음 날 아침 새벽에 집으로 돌아갔다.

마이는 엄마가 침대에서 내려가는 기척을 느꼈지만 말은 걸지 않았다. 잠에 취해 있기도 했지만 '안녕.'이나 '잘 있어.', '조심해.'라는 말을 주고받으면 더 쓸쓸해질 것 같았기 때문이었다. 그래서 엄마가 운전하는 차 소리를 어렴풋이 들으면서도 몰아붙이듯이 다시 잠에 빠졌다.

눈을 떴을 때 엄마의 모습은 없었다. 갑자기 찾아온 향수병이 마이를 덮쳤다.

이번에는 원인이 분명하니까 이유도 없이 몰려오는 향수병보다는 괜찮았다. 그러나 향수병의 원시적이고 폭력적인 위력은 여느 때와 마찬가지로 심장을 조여 오는 것 같았고 밑으로 추락하는 엘리베이터에 타고 있는 것 같은 아픔으로 가득한 고독함을 느꼈다. 그럴 때는 그저 이것이 지나가기를 기다릴 수밖에 없었다.

그날 아침, 울고 싶어도 울 수 없는 외로움을 느끼며 부엌으로 내려갔다. 어른이 되면 이것이 어디에서 와서 어디로 가는지 밝혀 보고 싶다는 생각을 하면서…….

"잘 잤니?"

할머니는 마이의 얼굴을 보자 씩 웃고는 토스터에 빵을 넣으며 말을 건넸다.

마이도 "할머니, 안녕." 하고 말하고는 "엄마는 굉장히 일찍

갔나 봐." 하고 쓸쓸하게 중얼거렸다.

"그래. 지금쯤 집에 도착했을 거야. 아침이라 차도 밀리지 않았을 테니까. 전화해 볼까?"

마이는 고개를 가로저었다. 아직은 참을 수 있었다. 엄마에게 전화를 거는 건 마지막 남은 비장의 무기로 생각해야지. 저것 봐, 할머니가 내 컵을 가져오시잖아. 조금은 힘이 날 거야.

마이는 할머니가 타 준 홍차가 든 컵을 양손으로 감싸 쥐고 마시면서 음식을 접시에 담고 있는 할머니를 몰래 훔쳐보았다. 눈이 마주쳤다. 할머니는 또 씩 웃었다.

마이는 가슴이 철렁할 정도로 당황하며 눈을 돌렸다. 이렇게 향수병은 완전히 사라진 것 같았다. 그러고는 되레 할머니 기분이 상하지 않았나 걱정이 되었다. 그때였다.

"오늘은 뒷산에 가서 일하자."

할머니가 불쑥 말을 거는 바람에 마이는 깜짝 놀랐다.

"뭐 하는데?"

"가 보면 알아. 이걸 먹고 나서 혼자 먼저 산책해 보든가."

할머니는 토스트와 계란이 담긴 접시를 내놓으며 대수롭지 않게 말했다.

마이는 식욕이 전혀 없었지만 할머니가 걱정할까 봐 억지로

다 먹었다. 그리고 나가서 산책할 기분이 아니었지만 '할머니가 모처럼 권한 거니까.' 하고 자신을 다독이며 무거운 발걸음으로 밖에 나갔다.

마이의 기분과는 반대로 밖은 아주 화창했다. 아침의 맑은 공기가 햇빛에 반짝이고 있었다. 뒤뜰의 오른쪽으로 난 길로 들어서니 바로 닭장이 있었고, 닭장을 지나자 떡갈나무랑 상수리나무랑 개암나무, 밤나무 등이 여기저기에 흩어져 있는 양지바른 잡목림이 나왔다. 멍하니 걷다가 마이는 저도 모르게 아, 하고 조그맣게 탄성을 질렀다. 나무가 듬성듬성한 수풀 사이로 빨간 루비 같은 산딸기가 무리를 이루고 있었다.

"와, 굉장하잖아!"

마이는 감탄하면서 산딸기를 밟지 않도록 조심조심 앞으로 나아갔다. 산딸기는 진짜 보석 같았다. 촉촉하며 부드럽고 상처받기 쉬운 보석. 마이는 발밑에 온 신경을 집중하면서 힘들게 그곳을 빠져나왔다.

잡목림에서 나오자마자 전망이 좋은 언덕이 나왔다. 산딸기 덩굴은 거기까지 올라오지 못하고 대신 강아지풀이 섞인 잔디가 언덕을 뒤덮고 있었다. 주위에는 벌써부터 초여름의 싱그러운 풀 내음이 진동하고 있었다.

마이는 언덕 위에 앉아 멀리서 파릇파릇하게 빛나는 산을 바라보았다. 바람이 언덕 아래에 있는 밤나무의 어린 새싹을 간질이고 멀리서 소쩍소쩍 소쩍새의 울음소리가 메아리치고 있었다.

어느샌가 좁은 교실의 숨 막히는 인간관계에 답답해했던 것이 거짓말처럼 느껴졌다.

마이는 힘껏 심호흡을 하면서 "이스케이프(escape)." 하고 조그맣게 중얼거렸다.

그래, 이건 이스케이프야. 난 언젠가는 다시 그 세계로 돌아가야 해.

마이는 알고 있었다. 왠지 울고 싶어졌다. 그렇지만 지금 여기는, 정말 기분 좋은 곳이야…….

"마이!"

이름을 부르는 소리에 돌아보니 할머니가 두 손에 큰 통을 들고 서 있었다.

"자, 어서 따자."

마이는 할머니가 따자고 한 것이 산딸기라는 것을 금세 알아차렸다.

"정말 굉장해, 할머니."

마이는 눈을 동그랗게 뜨고 일어나 할머니 쪽으로 걸어갔다.
"잼을 만들 거야. 그러니까 열심히 따야 해."
"알았어."
마이는 할머니와 나란히 몸을 숙이고 산딸기를 따기 시작했다. 할머니는 통을 세 개나 가지고 왔다. 마이는 설마 하고 생각했지만 결국에는 커다란 통 모두가 산딸기로 가득 찼다.

할머니는 쉴 새 없이 손을 움직이면서 돌아가신 할아버지가 스트로베리(딸기) 잼보다는 와일드 스트로베리(산딸기) 잼을 좋아했다는 것,(할머니는 '와일드'라는 말을 유난히 강조했다.) 정말 자연을 사랑했다는 것, 그중에서도 광물을 좋아했다는 것 등을 이야기해 주었다.

마이는 할머니의 이야기를 들으면서 할아버지가 돌아가시고 나서 할머니는 얼마나 가슴이 아프셨을까 생각했다. 그렇지만 소중한 사람을 잃는다는 게 어떤 기분인지 그때는 조금도 알지 못했다고 마이는 오랜 시간이 지난 후에 깨닫게 되었다.

빨간 산딸기의 녹색 줄기에는 까만 개미가 줄지어 끊임없이 오르락내리락하고 있었다. 산딸기를 입에 넣자 햇빛의 달콤한 맛이 혀끝에서 톡톡 터졌다.

"마이, 네 엄마는 블루베리를 좋아했단다. 블루베리는 한 달

정도 더 기다려야 하지만."

"엄마도 나처럼 산딸기를 땄어?"

할머니는 머리를 가로저었다.

"그때는 산딸기가 이렇게 많이 없었어. 할아버지가 돌아가시고 그 이듬해부터 이렇게 산딸기가 넘치게 되었단다."

"으응."

마이는 할아버지가 돌아가시고 난 후 산딸기로 가득한 이곳을 상상해 보았다. 조금 전 마이가 산딸기 루비로 간 융단을 발견했을 때처럼 할머니가 이곳을 보고 느꼈을 감동을.

"마치 할아버지의 선물처럼?"

"정말 그래. 왜냐하면……"

할머니는 의외로 진지한 목소리로 말했다.

"그날은 내 생일이었거든. 나는 그 의미를 알 수 있었지. 할아버지는 내 생일을 단 한 번도 잊으신 적이 없었단다."

마이는 뭐라고 해야 할지 몰랐다.

"할머니 정말 기뻤겠네?"

그러자 할머니는 싱긋 웃으며 대답했다.

"기뻤지. 너무 기뻐서 여기에 쪼그리고 앉아 울었단다."

마이는 쪼그리고 앉아 울고 있는 할머니의 모습이 눈앞에 보이는 것만 같아서 급히 눈을 깜빡였다.

마이와 할머니는 오전 내내 딴 산딸기를 부엌문 앞으로 옮겼다. 부엌문 앞에는 아궁이가 있어 커다란 솥에 뭔가를 끓일 때 사용하곤 했다. 할머니는 아궁이 옆의 수돗가에서 산딸기를 하나하나 꼼꼼하게 씻어 물기를 뺐다. 마이도 할머니를 도와 열심히 씻었다. 그렇게 하지 않으면 개미가 들어갈 수도 있기 때문이었다.

세 통이나 되는 산딸기를 다 씻자마자 할머니는 부엌에서 한 아름이나 되는 커다란 냄비 두 개를 가져다 수돗물로 헹구고 아궁이 옆에 놓았다.

그러고는 처마 밑에다 만든 간이 창고에서 장작이랑 삼나무 이파리 등을 안고 나왔다. 그리고 아궁이 앞에 쪼그리고 앉아 마른 삼나무 이파리를 깐 다음 잔가지, 가는 장작 등을 올려놓고 앞치마 주머니에서 성냥을 꺼내 삼나무 이파리에 불을 붙였다. 삼나무 이파리는 순식간에 타올라 타닥타닥 소리를 냈다. 곧이어 잔가지에 옮겨 붙은 불길이 장작을 에워쌌다.

할머니는 장작이 타는 것을 확인하자 이번에는 두꺼운 장작을 그 위에 올려놓고 마이에게 냄비를 아궁이 위에 올려놓으라고 했다. 냄비에 남아 있던 물이 파삭파삭 소리를 내며 순식간에 흔적도 없이 사라졌다. 한쪽 냄비에는 물을, 다른 쪽 냄비에는 산딸기를 한 통 반 부어 넣었다.

"마이, 부엌 싱크대 밑에 있는 설탕 네 포대만 가져오렴."

마이는 할머니가 시킨 대로 부엌에 가서 설탕 네 포대를 한꺼번에 가져왔다.

"우리 마이가 의외로 힘이 세네."

할머니가 씩 웃으며 말했다.

그 말을 들은 마이는 역시 무거운 거였다고 확인할 수 있었다. 그래도 칭찬을 받은 것만 같아 기뻤다.

할머니는 설탕 두 포대를 산딸기 냄비에 다 부었다.

"그렇게 설탕을 많이 넣으면 몸에 안 좋은 거 아니야?"

마이는 불안해져서 물었다. 엄마는 항상 설탕을 너무 많이 먹으면 몸에 좋지 않다고 말하곤 했다.

"괜찮아. 잼은 한꺼번에 많이 먹지 않잖아. 그리고 달아야 오랫동안 두고 먹을 수 있어. 자 마이, 이걸로 천천히 저어라."

할머니는 대수롭지 않게 말하고는 마이에게 나무 주걱을 내밀었다. 그리고 미리 준비해 놓은 상자에서 여러 가지 모양과 크기의 유리병을 꺼내 뚜껑을 열고 물이 끓고 있는 냄비 속에 조심스럽게 넣었다. 잠시 끓인 후 기다란 젓가락과 두꺼운 냄비

손잡이를 이리저리 움직여 능숙하게 병을 꺼내 커다란 대바구니에 엎어 말렸다.

유리병이 순식간에 식더니 아주 말끔하게 말랐다. 잼 냄비에서는 점점 하얀 거품이 일었다. 할머니는 꼼꼼하게 거품을 걷어 내라고 했다. 그리고 아궁이의 구멍을 막아 불이 너무 세지 않도록 조절했다.

마이가 거품을 걷으며 젓고 있는 동안 할머니는 다른 냄비에 나머지 산딸기와 설탕을 넣고 젓기 시작했다.

"마이 정말 잘하는구나."

할머니가 칭찬해 주었다.

멀리서 꿩이 마치 이리 오라고 말하는 것처럼 울기 시작했다.

잼 냄새를 맡았는지 파리가 달라붙었지만 상큼한 바람이 불어와 그다지 귀찮지 않았다. 마이가 젓고 있던 냄비의 잼이 걸쭉해지기 시작했다.

"마이, 나하고 교대하자."

할머니는 나무 주걱을 마이에게 건네주고 국자로 냄비를 저은 다음 잼을 유리병에 담기 시작했다. 이렇게 만든 잼은 집에서 먹기도 하고, 할머니가 누군가를 방문할 때 들고 가기도 하고, 마이가 놀러 왔을 때에는 선물로 주기도 했다.

잼을 전부 병에 담아 아직 뜨거울 때 병뚜껑을 꼭 닫았다.

"올해는 마이가 도와줘서 훨씬 수월했다."

할머니는 가늘게 썬 바삭바삭한 빵에 버터를 바르고 막 만든 잼을 스푼으로 듬뿍 발라 조심스럽게 마이에게 건네며 칭찬했다.

마이는 속으로는 떨 듯이 기뻤지만 심드렁하게 말했다.

"내년에도, 내후년에도, 계속 도와주지 뭐."

할머니는 기쁘다는 듯이 웃었으나 아무 말도 하지 않았다.

마이와 할머니가 만든 잼은 검정에 가까운 깊고 투명한 빨간색이 되었다. 혀로 핥자 새콤달콤한 숲의 맛이 났다.

그날은 저녁 무렵까지 방을 정리하며 보냈다. 저녁은 카레라이스였다. 마이는 할머니가 자기를 위해 일부러 만들었을 거라는 생각을 했다.

설거지를 끝내고 할머니는 그날 만든 잼이 가득 담긴 병들을 상자에 담아 거실로 옮겼다. 마이는 가위와 종이를 가지고 거실로 나와 텔레비전을 보며 잼 이름과 날짜를 병에 써 붙였다. 할머니가 쓴 라벨은 평범한 장방형의 종이에 검정 펜으로 쓴 것이었지만, 마이는 할머니가 쓴 라벨을 팔각형으로 만들기도 하고 색연필로 칠해서 보기 좋게 만들었다.

"마이는 손재주가 좋구나. 이거 너무 예쁘네. 색이 아주 잘 어울려. 정말 예쁘다."

할머니는 마이의 머리를 쓰다듬어 주었다.

"감성이 풍부한 자랑스러운 내 손녀."

작게 중얼거리는 할머니의 말에 마이는 왠지 부끄러워졌다. 할머니는 거리낌 없이 가족을 칭찬하는 버릇이 있었다. 그리고 자신이 가족을 자랑스러워하는 것을 마치 식물에게 물을 주는 것만큼 당연하게 여겼다.

라벨을 전부 붙이고 나서 마이는 그대로 거실에서 텔레비전을 보고 할머니는 반짇고리를 가지고 와서 바느질을 하기 시작했다.

마이는 텔레비전도 그다지 재미있지 않아 할머니 옆으로 가서 무엇을 만드느냐고 물었다.

"마이 앞치마. 정원용하고 부엌용."

그 말에 마이는 저도 모르게 할머니 손에 들린 것을 새삼스레 쳐다보았다. 약간 낡은 듯한 물색 상의 소매가 30센티미터 정도 잘려 있었다. 할머니는 잘린 소매 끝에 고무줄을 넣어 꿰매고 있었다.

"이건 마이 네 엄마의 잠옷이었단다. 이 위쪽은 마이가 정원에서 쓸 작업복을 만들 거야. 그리고 나머지 부분은 물이 튀어도 옷이 젖지 않게 귀여운 앞치마를 세 개나 만들 거란다."

"흐응."

마이는 할머니의 말에 반사적으로 대답했지만, 가슴 깊숙이 뜨거워지는 걸 느낄 수 있었다.

"할머니가 정말 좋아."

마이는 재빨리 말하고는 할머니의 등에 머리를 묻었다.

그러자 할머니도 "아이 노우." 하고 웃으며 대답했다.

"마이는 마녀를 알고 있니?"

할머니는 쉬지 않고 손을 바삐 움직이며 마이에게 물었다.

"마녀? 검은 옷을 입고 빗자루를 타고 다니는 마법사?"

"그래. 실제로는 빗자루를 타고 다니진 않지만."

"정말? 정말 마녀가 있어? 마녀는 텔레비전이나 만화, 동화에만 나오는 거 아냐?"

"마이가 생각하는 마녀와는 좀 다를지 모르지만……, 마녀는 실제로 있어."

마이는 할머니의 갑작스러운 말에 조금 전까지 멍했던 머리가 윙 하고 빠르게 돌아가는 것을 느낄 수 있었다.

"어떻게 다른데? 할머니, 마녀 이야기해 줘."

"글쎄, 마이는 병에 걸리면 어떻게 하지?"

"병원에 가지."

"내일 날씨가 알고 싶으면?"

"일기 예보를 듣지."

"그렇지. 그렇지만 아주 옛날에 병원도 없고, 기상청도 텔레비전이나 라디오, 신문도 없었을 때, 심지어 예수님이 태어나기 전에는 어떻게 했을까?"

"예수님이 태어나기도 전이었다면······, 그럼 기원전이라는 말야?"

"그래. 그때도 사람들이 살았으니까. 지금처럼 많지는 않았겠지만 말이지. 그 당시 사람들은 모두 선조에게 전해 내려온 지혜나 지식을 바탕으로 생활했단다. 병을 낫게 하는 약초에 대한 지식, 거친 자연과 더불어 사는 지혜, 눈앞에 닥친 어려움을 뛰어넘거나 참아 내는 힘 같은 거 말이야. 그래서 옛날 사람들은 지금 사람들보다 훨씬 풍부한 지식을 가지고 있었지. 그런데 사람들 중에서 좀 더 특별한 지식을 가지고 있는 사람들이 있었어. 사람들은 그 사람들에게 의사에게 진찰을 받으러 오는 환자나 교회에 모여드는 신자, 선생님에게 모여드는 학생들처럼 찾아들었지. 그러다가 어느 때부터인가 그 특별한 능력을 가진 사람들의 지식과 지혜가 대대로 전해지게 되었단다. 지혜나 지식뿐 아니라 그 특별한 능력까지 말야."

"그러니까……"

마이는 머릿속을 정리하며 말했다.

"초능력? 초능력이 유전된다는 뜻이야?"

할머니는 바느질하던 손을 멈추고 담배와 재떨이를 끌어당겼다. 그러고는 주머니에서 성냥을 꺼내 담배에 불을 붙이고 한 모금 빨며 말을 이었다.

"초능력이라고 하면 엉터리같이 들리겠지만 사람은 누구나 그런 힘을 가지고 있단다. 하지만 간혹 보통 사람들보다 훨씬 강한 힘을 가진 사람이 있어. 다른 사람보다 노래를 잘 부른다거나, 계산이 빠른 사람이 있는 것처럼 말야. 우리 할머니가 그런 분이셨어."

"노래를 잘 불렀어?"

할머니는 빙그레 웃으면서 말했다.

"그래. 노래도 잘 불렀지. 그렇지만 우리 할머니는 투시라고 해야 하나? 말하자면 예지 능력이 특별히 뛰어나신 분이셨단다."

마이는 숨을 죽이고 할머니의 다음 말을 기다렸다.

"우리 할아버지가 일본에 오셨던 것은 마이도 알고 있지? 그때 할머니는 겨우 열아홉 살이셨는데 할아버지와 약혼을 하신

상태였단다. 그러던 어느 날 오후, 할머니가 결혼 예물로 가져갈 이불을 만들고 있었는데 갑자기 눈앞에 검은 바다가 펼쳐지더래."

"정말?"

할머니는 눈이 동그래진 마이를 바라보며 씩 웃었다.

"그러고는 그 검은 바다 속에서 할아버지가 혼자 헤엄을 치고 있는 것이 보였대. 할머니는 할아버지가 헤엄을 치고 있는 방향이 틀렸다는 것을 직감하고 자기도 모르게 '오른쪽으로!' 하고 외쳤어. 그 순간 바다도 할아버지도 사라지고 할머니 손에는 만들고 있던 이불만 덩그러니 남아 있더래. 그래서 꿈을 꾼 것이라고 생각한 거야. 그런 경험이 처음은 아니었으니까."

"그럼 그런 적이 또 있었던 거야?"

"그래. 몇 번인가 있었지. 바로 그때 요코하마에서 고베로 가는 배를 타고 있었던 할아버지는 밤에 잠이 오지 않아 갑판에 나와서 바람을 쐬고 있었대. 그런데 그만 발을 잘못 디뎌서 바다에 빠지고 만 거야."

할머니는 어깨를 움찔하며 속삭이듯 말했다.

"밤바다에 빠지다니! 그건 이 세상에서 절대로 일어나서는 안 될 일 중의 하나라고 생각하지 않니?"

"그래서? 그래서 그다음에는 어떻게 되었는데?"

"불행하게도 배에 있던 사람들은 할아버지가 바다에 빠진 걸 모르고 그냥 가 버렸단다."

"안 돼!"

마이는 비명을 지르며 주먹을 쥔 채 두 손으로 입을 막았다.

"그래서? 그래서?"

"그래서 할아버지는 할 수 없이 배가 간 방향으로 헤엄치기 시작했단다. 그런데 얼마 지나지 않아 너무 외롭고 비참하고 무서운 생각에 울고 싶어졌대. 게다가 이대로 죽어 버린다면 사랑하는 약혼자는 자기에게 무슨 일이 일어났는지 평생 모를 거라는 생각이 들자, 너무 가슴이 아파 약혼자의 이름을 큰 소리로 외쳤어. 그때였어. 갑자기 그토록 보고 싶던 약혼자의 목소리가 들려온 거야. '오른쪽으로!'라고."

마이는 소름이 돋아 자기도 모르게 허리를 쭉 폈다.

"할아버지는 곧바로 오른쪽을 향해 헤엄쳤지. 그러자 외롭지도 않고 무섭지도 않더래. 할아버지는 있는 힘껏 육지까지 헤엄쳐 가서 해변에 있던 조그만 생선 창고에서 밤을 새웠어. 그리고 그 다음 날 사람들에게 발견되어 살아난 거야. 만약에 그날 밤 오른쪽으로 방향을 바꾸지 않았더라면, 할아버지는 커다란 파도에 휩쓸려 갔을 거야."

"와, 정말 무서워!"

"할아버지는 바로 할머니에게 이 신기한 체험을 편지로 써 보냈단다. 하지만 할머니는 답장에 할아버지가 무사해서 다행이라고, 살아 있어 너무 기쁘다는 말 이외에는 아무것도 쓰지 않았어."

"왜? 당신을 살린 건 나라고 말하면 좋았을 텐데."

"그때는 그런 시대였단다. 사람들은 할머니가 가진 그런 특별한 힘을 싫어하고 무서워했거든. 더욱이 어떤 질서가 지배하고 있는 사회에서 그 질서를 벗어나는 힘은 배척받기 마련이란다. 우리 할머니가 사셨던 시대는 배척까지는 아니더라도 평범한 행복과는 거리가 멀었지."

"왜 그럴까? 요즘 같으면 완전 스타가 되었을 텐데."

할머니는 힘없이 웃었다.

"마이는 그게 행복이라고 생각하니? 사람들에게 주목을 받는 게 행복한 거야?"

마이는 골똘히 생각했다. 마이에게 텔레비전 스타가 되는 것은 성공을 의미했다. 성공이 곧 행복 아닌가? 하지만 날마다 사람들에게 주목 받고 끊임없이 사람들의 입방아에 오르내리는 것도 힘들 것 같았다.

"잘 모르겠어."

"그럴 거야. 행복이란 사람에 따라 다르니까. 마이도 무엇이 진정한 마이의 행복인지 찾아야 할 거야."

마이는 생각에 잠긴 채 말했다.

"그렇지만 사람들에게 주목을 받는다는 것은 존경을 받는다는 거잖아. 그러니까 사람들이 함부로 하지 않을 거고……. 무시당하거나 따돌림을 당하는 일도 없을 거 아냐?"

"무시를 당하거나 따돌림을 당한다는 것도 주목을 받고 있다는 게 아닐까?"

할머니는 마이의 볼을 쓰다듬으며 부드러운 목소리로 말했다.

"아!"

마이는 갑자기 외마디 소리를 질렀다.

"혹시 우리 집안은 마녀의 피가 흐르고 있는 거야?"

"정답!"

할머니는 씩 하고 웃었다.

"오늘은 여기까지. 밤도 많이 깊었으니까."

그날 밤 마이는 침대에 누워 그동안 이상한 사건이 일어난 적이 없었나 곰곰이 생각해 보았다. 하지만 아무리 생각해 보아도 그런 능력이 있는 것 같지 않다는 결론에 달하자 반쯤 안심하고 반쯤 실망하며 잠에 들었다.

꿈을 꾸었다.

깜깜하고 별 하나 없는 밤하늘과 끝없이 펼쳐진 바다. 흑단처럼 감기는 바다에는 스스로 일으키는 물보라만이 조용히 찰랑이고 있었다.

마이는 외로웠을까? 아니 그런 생각조차 못하고 그저 온 힘을 다해 헤엄치고 있었다. 혼자뿐이었다.

그때 누군가의 목소리가 들려왔다.

"서쪽으로!"

다음 날 마이가 눈을 떴을 때, 할머니는 정원에서 나무에 물을 주고 있었다. 어제와 마찬가지로 구름 한 점 없는 맑은 날씨였다. 마이는 잠옷을 입은 채 정원으로 나갔다.

"할머니 안녕?"

"잘 잤니, 마이. 마이는 식물 이름을 얼마나 알고 있지?"

할머니는 수돗물을 잠그고 앞치마에 손을 닦으며 장난스럽게 물었다.

마이는 입술에 손가락을 대고 곰곰 생각했다.

"전에 할머니가 가르쳐 줬잖아. 이건 박달나무고, 이건 장미. 그리고 저기 커다란 나무는 떡갈나무. 가을이 되면 열매가 엄청 떨어지는……."

"그래, 잘 기억하고 있네. 그럼 이게 뭔지 아니?"

할머니는 장미 넝쿨 사이로 힘차게 뻗어 있는 수선화와 비슷하게 생긴 풀을 손으로 가리켰다.

"수선화, 아닌가?"

할머니는 씩 웃으며 말없이 머리를 가로저었다.

"모르겠는데……. 할머니 그게 뭐야?"

"마이가 잘 알고 있는 거, 마, 늘."

"응? 그 냄새나는 마늘? 마늘이 어디에 있는데?"

"하하, 마늘은 알뿌리처럼 땅을 파고 수확한단다. 장미 옆에 심으면 장미에 벌레가 안 생기고 향기가 좋아지지. 옷을 갈아입고 오너라. 아침 먹어야지. 오늘은 밥에 된장국이다."

"네."

마이는 할머니에게 이런 걸 배우는 것이 좋았다. 어젯밤 할머니가 말한 신기한 이야기의 일부처럼 느껴져서.

아침을 먹고 닭장 문을 열자, 닭이 밖으로 나왔다. 수탉 한 마리에 암탉이 세 마리. 수탉은 거만하게 머리를 처들고 주위를 경계하며 암탉들을 거느리고 밖으로 나왔다. 마이와 할머니가 매일 아침 먹고 있는 계란은 바로 이 암탉들이 낳은 알이었다.

화창한 오늘도 수탉은 기분 좋게 일광욕을 하고는 날개를 퍼득이며 꼬끼오 하고 울었다. 그리고 발로 땅을 파고는 바쁘게 머리를 흔들며 지렁이랑 벌레를 찾았다. 암탉들도 부지런히 입으로 여기저기 콕콕 쪼아 대고 있었다. 하지만 암탉 중의 한 마리가 지렁이나 땅강아지를 찾으면 재빨리 다가와 가로채는 것은 언제나 수탉이었다.

마이는 이 수탉의 행동이 우스우면서도 화가 나서 암탉의 복수를 해 주고 싶었다. 그렇지만 예전에 빗자루로 찔렀다가 화가 난 수탉에게 된통 당한 적이 있어 섣불리 건드릴 수 없었.

그때부터 마이와 수탉은 서로를 의식하게 되었고, (수탉이 어떻게 생각하고 있는지 아무도 모르지만 수탉이 쉴 새 없이 마이를 힐끗거리는 것도 사실이었다.) 사이가 무척 껄끄러워졌다.

마이는 수탉의 시선을 의식하며 닭들 옆을 지나 산딸기 숲을 가로질러 언덕 위로 올라갔다. 그리고 가슴을 펴고 크게 심호흡했다. 5월의 상쾌한 풀내음이 가슴을 가득 채웠다.

언덕에서 밑으로 내려오는 도중에 비스듬히 조그만 길이 나 있었다. 감재풀과 참소리쟁이, 쑥 등으로 반쯤 덮여 있었다. 어렴풋이 예전에 할머니랑 같이 그 길을 내려갔던 기억이 났다.

마이는 그때가 생각나서 무작정 그 길을 따라 내려가 보았다. 그때는 어디까지 갔더라, 잘 생각이 나지 않았지만 뭔가 신기한 것을 발견했던 기억이 났다.

5미터쯤 내려가자 주위가 나무로 둘러싸이고 햇빛이 따스한 곳이 나왔다. 오른쪽에는 삼나무, 왼쪽에는 대나무로 수풀이 우거진 샛길이 시작되는 곳이었다. 길은 안쪽으로 계속 이어졌다.

축축한 대숲과 삼나무 숲 사이에서 올려다보이는 하늘은 마이의 손바닥만 했다. 조그맣게 하늘을 향해 열려 있는 그곳은 마이의 기억 속에 남아 있던 장소와는 달랐지만 묘하게 끌렸다.

오래된 나무 등치가 널려 있었고 그 사이사이에 꽃이 진 제비꽃들이 막 터지려 듯한 꽃망울을 매달고 무리지어 있었다. 이곳에 제비꽃이 만발했을 모습을 상상하자 가슴이 따뜻해졌다. 그러나 한편으로는 그걸 못 본 것이 못내 아쉬웠다.

마이는 나무 등치에 앉자 기분이 차분하고 평온해졌다.

마이는 어린 녹나무와 밤나무, 자작나무가 주위를 에워싸고 있는 나무 등지 위에 앉았다. 왠지 아주 소중하고 따뜻하며 폭신폭신한 귀여운 무언가가 어딘가에 숨어 있을 것만 같았다. 조그만 산새의 가슴 털로 짜인 부드럽고 기분 좋은 조그만 둥지 같은 것.

"난 여기가 너무 좋아."

마이는 혼잣말로 중얼거렸다.

어제와 마찬가지로 소쩍새가 울기 시작하자 싱그러운 바람이 불어왔다. 마이는 할머니의 이야기를 머릿속에서 천천히 정리해 보았다.

'만약에 그 이야기가 정말이라면,(아마 정말일 거야. 할머니가 그런 황당무계한 거짓말을 할 리가 없잖아.) 나에게도 마녀의 피가 흐르고 있어. 그렇다면 언젠가 내게도 초능력이 생길지 몰라. 좀 무섭기는 하지만 그렇게 된다면 학교 일로 이렇게 괴로워하는 일도 없을 거야. 물속에서 헤엄치는 물고기처럼 앞으로 다가올 힘든 일을 요리조리 피하며 매끄럽게 살아갈 수 있지 않을까?'

그렇게 생각하자 눈앞이 밝아지는 것만 같았다.

그날 저녁, 마이는 식사를 마치고 나서 바느질을 시작한 할머니에게 작정하고 물어보았다.

"할머니, 나도 노력하면 그 초능력이라는 게 생길까?"

할머니는 뜻밖이라는 듯이 마이를 뚫어지게 쳐다보았다. 마이는 자신이 촐랑이며 말한 것 같아 얼굴이 새빨개졌다.

"그래. 하지만 마이는 태어나면서부터 그런 능력이 있었던 것 같지 않으니까 많이 노력해야 할 거야."

할머니는 뭔가를 생각하며 조심스럽게 말을 건넸다.

"나 열심히 할 거야."

마이는 지푸라기라도 잡는 심정으로 부탁했다.

"그러니까 가르쳐 줘. 응? 얼마나 노력하면 돼?"

"좋아."

할머니는 일부러 엄한 표정을 지으며 대답했다.

"우선 기초 훈련부터 해야겠다."

"기초 훈련?"

"그래. 초능력은 정신세계의 산물이니까 이것을 통제하기 위해서는 정신력이 필요하지. 운동할 때, 예를 들어 수영 선수가 육상 트레이닝을 하고, 배구 선수나 야구 선수도 경기에 직접 상관없는 유연체조나 팔 굽혀 펴기를 하지. 그 선수들이 왜 그런 운동을 한다고 생각하니?"

"체력을 키우기 위해서."

"맞아. 운동을 하는 데 체력이 필요한 것처럼 마법이나 기적을 일으키는 데에도 정신력이 필요한 거야. 팔 힘이 없으면 라켓이나 방망이는 휘두를 수 없는 것처럼 말이다."

"그러니까 할머니 말은 정신력을 기르기 위해서 기초 훈련이 필요하다, 이 말이지?"

"그래."

마이는 왠지 불길한 예감이 들었다.

"정신력이라면 근성 같은 거?"

마이는 자기가 근성이라는 말로 총칭할 수 있는 지구력 같은 것이 철저하게 결여되어 있다는 것을 잘 알고 있었다. 그러니까 만약 마녀가 되기 위해 근성이 필요하다면 몹시 혹독한 훈련을 받게 될 것을 짐작할 수 있었다. 순간 마이는 눈앞이 깜깜해졌다.

"근성이라는 말은 그저 열심히 하기만 하면 된다는 느낌이 드는구나. 할머니가 말하는 정신력이라는 것은 올바른 방향을 잡을 수 있는 안테나를 세워 몸과 마음을 다해 그것을 받아들인다는 거야."

"흠."

마이는 할머니의 말이 알 것 같기도 하고 모를 것 같기도 했다.

"그럼 좌선을 하거나 명상을 해야 한다는 거야?"

할머니는 씩 하고 웃으며 말했다.

"그건 아직 좀 이르지. 갑자기 방망이를 휘두르면 탈골이 될 수도 있잖니."

마이는 실망했다. 좌선과 명상이 이르다면 초능력으로 미래를 예지하거나 주문을 외워 변신하는 것은 까마득하다는 말이 아닌가.

"잘 들어라, 마이."

할머니는 일부러 장난스럽게 중요한 비밀이라 말하듯 소리를 낮추어 말했다.

"이 세상에는 악마가 우글거린단다. 명상으로 의식이 몽롱해진 정신력이 약한 인간을 아주 좋아하지. 그런 사람 몸으로 언제 들어갈까 그것만 호시탐탐 노리고 있어."

농담이라는 것은 알았지만 마이는 등줄기에 오싹 소름이 돋았다.

"할머니, 악마가 정말 있어?"

겁이 나서 우물쭈물하며 물었다. 물론 부정하리라고 기대하면서.

그러나 할머니의 대답은 간단명료했다.

"있어."

마이는 헉 하고 숨을 들이켰다.

할머니는 다시 씩 하고 웃으며 말했다.

"그래도 정신 훈련만 제대로 하면 괜찮아."
"훈련은 어떻게 하는데?"
마이는 할머니 쪽으로 몸을 기울이며 조르듯이 물었다.
"먼저 아침 일찍 일어날 것. 밥도 잘 먹고 운동도 하고 규칙적인 생활을 할 것."
할머니는 마이가 그 대답을 듣고 기가 죽기를 기대했을까? 마이는 잠시 동안 말없이 입을 다물고 있다가 깊은 한숨을 내쉬며 대답했다.
"다 내가 잘 못하는 것뿐이네. 밤에는 늦게까지 책을 읽고 쉬는 날은 점심 때까지 잘 때도 있는걸. 체육 시간에도 항상 견학만 하지, 밥은 거를 때가 더 많고……. 그런데 지금 할머니가 말한 건 '정신력'을 기르는 게 아니라 '체력'을 키우는 거 아냐?"
할머니가 고개를 끄덕였다.
"정말 신기하지? 처음은 어떤 운동이나 다 똑같으니까 말이다."
마이는 할머니를 붙잡고 늘어지며 다시 물었다.
"할머니 말대로 악마가 정말 있다면 그렇게 간단한 훈련으로 악마를 막을 수 있을까?"
"그럼, 막을 수 있고말고. 악마를 막기 위해서도 마녀가 되기 위해서도 가장 중요한 게 바로 의지력이야. 자기 스스로 결정하는 힘, 자신이 결정한 일을 끝까지 밀고 나가는 힘 말이다. 그 힘이 강하면 악마도 그렇게 쉽게 들어오지 못할 거야. 그리고 그렇게 간단한 훈련이 마이에게는 가장 어려운 일이잖니, 안 그래?"

정말 할머니 말대로였다. 마이는 뽀로통해져 입술을 내밀었지만 고개를 끄덕일 수밖에 없었다.

할머니가 미소를 지었다.

"마이에게 가장 가치가 있는 것, 가장 원하는 것은 가장 어려운 시련을 이겨내지 못하면 얻을 수 없을지도 몰라. 그러니까 속는 셈치고 해 봐."

마이도 각오를 다졌다.

"알았어. 해 볼게."

할머니는 기쁜 듯이 활짝 웃었다.

"장하다. 우리 마이, 아주 훌륭하구나. 그럼 네 스스로 아침에 일어나는 시간과 자는 시간을 정해 봐라. 그리고 그걸 종이에 적어 벽에 걸어 놓으렴."

"할머니는 언제 일어나는데?"

"6시."

"6시는 절대 무리야. 난 7시로 할게."

"그럼 아침을 같이 먹을 수 있겠구나."

할머니는 격려하듯이 말했다.

"수면 시간을 여덟 시간으로 하면 11시에는 자야겠네……. 그렇지만 잘 못 잘 것 같아. 쉽게 잠이 오지 않아서……."

"그럼 잠을 못 자더라도 7시에는 일어나기로 하자. 마이는 대개 몇 시에 자니?"

"2시나 3시?"

할머니는 놀라서 눈을 동그랗게 떴지만 아무 말도 하지 않았다.

"마이의 몸과 머리를 위해 할 일을 찾아야겠다."

"나 운동은 잘 못 하는데……."

"청소와 빨래. 해 본 적 있니?"

"날마다는 아니지만 해 본 적은 있어."

"오전 중에는 청소나 빨래 같은 집안일로 몸을 움직이기로 하고 오후에는 마이 네 스스로 머리를 위한 시간표를 만들어 봐라. 학교 공부든 독서든 뭐든지 괜찮으니까."

마이가 눈을 반짝였다.

"그럼 오늘 밤에 생각할게."

"11시까지다."

할머니가 쐐기를 박았다.

"할머니, 의지라는 것은 나중에 강해지는 거야? 아니면 타고나는 거야?"

마이가 물었다.

"다행스럽게도 타고난 의지가 약해도 조금씩 강해질 수 있는 거란다. 오랜 시간에 걸쳐 조금씩 키워 나간다면 말이지. 태어나면서부터 체력이 약했던 사람이 체력을 키워 튼튼해지는 것처럼 말야. 처음에는 아무 변화가 없는 것 같을 거야. 그러면 점점 의심스러운 마음이 생겨 게으름을 피우고 포기해 버리고 싶어지지. 하지만 꾸준히 계속하는 거야. 죽어도 변하지 않는 건 아닐까 하고 포기하려는 찰나, 전과는 달라진 자신을 발견하는 사건이 생길 테니까. 그리고 다시 꾸준히 노력하고 또다시 힘든 나날을 겪고 또 다른 나를 발견하고. 이러한 과정이 계속 반복되는 거란다."

할머니는 천천히 말을 이었다.

"단, 체력이나 다른 능력을 키우는 것과 달리 의지를 키우는 것이 어려운 것은 의지가 약한 사람이 도전하는 경우가 많고 쉽게 좌절하기 때문이지."

그렇구나, 마이는 마음속으로 중얼거렸다.

"그럼 방에 가서 내일 계획을 세워 보렴."

마이가 거실에서 나가려고 하는데 할머니가 지나가는 말로 덧붙였다.

"나는 마이의 의지가 약하다고 생각한 적은 단 한 번도 없단다."

마이는 놀라서 할머니의 얼굴을 쳐다보자, 할머니는 웃고 있었다.

"나는 약하다고 생각해."

마이는 힘없이 말하며 자기 방으로 올라갔다. 그리고 종이와 펜을 가지고 침대로 올라가 오후 시간표를 짰다.

마이는 수학이나 과학이 약했다. 그러니까 그런 과목에 더 많은 시간을 할애할 필요가 있을 것 같았다. 대신 국어나 영어는 좋아했다. 그래서 이 과목에도 많은 시간을 할애하고 싶었다.

이 생각, 저 생각 고민한 끝에 좋아하는 과목과 싫어하는 과목을 하나씩 묶어 한 단위로 만들고 하루에 두 단위씩 공부하기로 했다. 예를 들어 국어와 수학을 공부한 후 조금 쉬고 영어와 과학을 공부하는 식으로. 국어는 엄마가 예전에 쓰던 책장에 꽂혀 있는 책 중에서 좋아하는 책을 읽기로 하고 영어는 할머니에게 배우기로 했다.

"좋아. 다 됐다."

시계를 보니 벌써 10시 반이었다. 계단을 삐걱거리며 할머니가 올라오는 소리가 들렸다.

"마이?"

문을 노크하면서 할머니가 속삭였다.

"네, 들어오세요."

할머니는 조용히 들어와 마이의 머리맡 침대 모서리에 무언가를 걸었다. 평화로운 부엌 냄새가 났다.

"이게 뭐야?"

"잠에 잘 들 수 있도록 도와주는 부적이야. 잘 자라, 스위티."

"할머니 고마워. 안녕히 주무세요."

할머니는 가볍게 손을 흔들며 나갔다.

침대 머리맡 모서리에 걸린 것은 망에 든 양파였다.

잠시 후, 마이는 마치 최면에 걸린 것처럼 편안하게 잠에 빠져들었다. 아직 11시도 안 된 시각이었다.

다음 날 아침, 마이는 6시에 눈을 떴지만 너무 이르다는 생각에 다시 눈을 감았다. 결국 마이가 잠을 깬 것은 할머니의 노크 소리 때문이었다.

"마이 7시다."

"네."

마이는 잠옷을 입은 채 급히 부엌으로 내려갔다.

"마이, 옷을 갈아입고 계란을 가져오너라."

할머니의 말에 마이는 다시 2층으로 올라가 티셔츠와 반바지로 옷을 갈아입었다.

그리고 할머니에게 오목한 볼을 받아 들고 닭장으로 향했다.

계란을 가지러 가는 것이 처음은 아니었다. 전에도 몇 번 엄마와 함께 계란을 꺼낸 적이 있었다. 닭똥과 털이 묻어 있는 아직 따뜻한 계란. 실은 막 낳은 계란을 먹는다는 것이 그다지 유쾌하지 않았다. '뭐 하는 짓이야!'라고 말하는 듯한 암탉의 날갯짓에 언제나 죄책감을 느꼈다. 그렇지만 할머니에게는 그런 말을 할 수 없었다.

"정말 다루기 힘든 아이야."

마이는 전에 엄마가 전화로 했던 말을 무의식적으로 중얼거렸다.

맑은 날씨였다. 차가운 밤이슬이 남아 있는 듯한 공기를 아침 햇살이 부드러운 낮의 공기로 바꾸고 있었다.

닭장 옆에 있는 사료 포대에서 모이를 가져다 모이 상자에 넣고 닭들이 모이 상자에 모여드는 틈을 타, 마이는 닭장 옆에 놓인 가느다란 봉으로 문을 열었다. 그러고는 닭들이 눈치채지 않도록 조심스럽게 닭장으로 들어가 둥지에 남아 있는 계란을 하나씩 꺼냈다.

수탉이 쪼면 어떡하나 하고 힐끗 쳐다보았지만 이번만은 눈 감아 주겠다는 듯이 관대하게 눈을 깜빡였을 뿐 소동을 일으키지는 않았다.

마이는 가져간 볼에 달걀을 담아 같은 방법으로 밖으로 나왔다.

부엌으로 들어가니 할머니는 벌써 프라이팬에 지글지글 소리를 내며 햄을 굽고 있었다.

"고맙구나."

할머니는 양손으로 계란 두 개를 쥐고 싱크대 모서리에 탁탁 하고 껍질을 깨 바로 프라이팬에 넣어 순식간에 햄에그를 만들었다.

'나라면 먼저 달걀을 씻을 텐데.'라는 생각을 하고 있는데, 할머니는 어떻게 알았는지 더러워진 부분을 귀신같이 피해 달걀을 깨트렸다.

아침을 먹고 나자 할머니는 재빨리 사용했던 그릇을 개수대로 가져가 씻었다. 마이는 그 모습을 보면서 '내일은 내가 해야지.'라고 생각했다. 마이는 할머니의 작은 동작까지도 주의 깊게 지켜보았다. 무엇을 위해서? 언젠가는 할머니를 돕기 위해서. 마이는 정말로 할머니가 좋아지기 시작했다.

"오늘은 집 앞에 청소차가 오는 날이니까 마이도 버릴 게 있으면 가지고 나오렴."

할머니의 말에 마이는 방에서 쓰레기통을 들고 나왔다.

"하얀 종이는 버리지 말고 컬러 인쇄가 된 종이나 플라스틱, 비닐은 이 봉투에 넣어라."

"하얀 종이라면 이런 거?"

마이는 쓰다 버린 노트 페이지를 보였다.

"그래. 그건 태울 거니까."

할머니 집의 쓰레기는 마이네 쓰레기의 5분의 1 정도밖에 되지 않았다. 마이는 그걸 집 앞에 있는 길가로 가지고 나갔다.

문에서 길가까지의 조그만 길 양쪽에는 단풍나무 가지가 쭉쭉 뻗어 나와 보기만 해도 상쾌한 녹색 터널을 만들고 있었다. 그 사이로 시원하고 투명한 바람이 통과하는 것만 같았다.

조그만 길이 꺾어지는 모퉁이에서 마이는 길 양쪽을 조심스럽게 살폈다. 오래전 일이지만 거기에서 길을 가로지르는 뱀과

만난 적이 있었다.

  초등학교에 막 들어가던 해의 여름이었다.

  그날 오후, 그 길목에서 책상다리를 하고 그림 숙제를 하고 있었다.

  갑자기 매미 소리가 뚝 그치고 경직된 풍경 속에서 짙은 그림자가 드리워졌다. 그때 오른쪽 덤불에서 커다란 줄무늬 뱀이 나타나 마치 세상에서 유일하게 움직이고 있는 것인 양 천천히 가로질러 갔다. 그리고 왼쪽 덤불로 들어가기 직전, 갑자기 머리를 쳐들고는 천천히 오른쪽 왼쪽으로 고개를 돌리며 주위를 살폈다.

  마이는 들키면 어쩌나 하는 공포로 옴싹달싹도 할 수 없었다. 다행히 뱀이 눈치채지는 못했지만 '그때 만약 뱀과 눈이라도 마주쳤다면 어떻게 되었을까.' 가끔 생각하고는 했다. 그 뱀은 마이가 연약한 아이라는 걸 알고 분명히 무언가 일을 저질렀을 것이라는 생각이 들었다.

  그 후부터 여기를 지날 때마다 얼어붙는 듯한 그때의 공포를 기억하고 조심스러워지는 것이었다.

  그래도 그까짓 일로 이렇게 아름다운 길을 지나다니지 않는다는 것은 너무나 아깝다고 자신을 애써 격려했다. 그래, 이번에도 아무 일 없었잖아.

길가는 환했다. 건너편의 대나무 숲에 바람이 지나가는 소리가 들렸다. 그때 갑자기 개들이 일제히 짖기 시작했다. 뻔뻔하게 아무도 몰래 정원에 들어왔던 남자의 개들.

마이는 쓰레기 수거장 표시가 되어 있는 전신주 밑에 쓰레기봉투를 내려놓으려고 했다. 쓰레기봉투를 막 내려놓는 순간, 줄로 묶은 오래된 잡지가 보였다. 맨 위 표지에는 발가벗은 여자 사진이 기묘한 자세로 실려 있었다.

밝은 햇빛 아래, 습기로 쭈글쭈글해진 잡지의 음습한 냄새가 진동하는 것만 같았다.

마이는 자기도 모르게 눈을 돌렸다. 그리고 할 수만 있다면 눈을 소독하고 싶었다. 한적하고 아름다운 시골 풍경은 그런 이질적인 것마저 거절하지 않고 담담하게 받아들이고 있었다.

하지만 시골의 여유가 마이에게는 신뢰에 대한 배신처럼 느껴져 빠른 걸음으로 그곳을 벗어났다. 개들이 짖는 소리가 점점 더 거세졌다.

아마도 그 사람일 것이다. 할머니가 겐지라고 부르던 사람. 저 아래에서 피어오르는 검은 먹구름처럼 혐오감이 밀려와 할머니 집을 향해 정신없이 달렸다.

완전히 망쳐 버렸다. 전부 엉망이야. 저 천박하고 조잡하고 너절한 남자가 다 망쳐 버렸어. 왜 저런 남자가 내 생활에 끼어드는 거지? 거의 다 잘 되어 가고 있었는데…….

마이는 개가 짖는 소리까지 겹쳐 혐오감과 분노로 숨을 쉴 수가 없을 정도였다.

할머니는 뒤뜰에서 큰 통을 씻고 있었다. 빨래를 하려는 모양이었다. 얼굴색이 변해 뛰어오는 마이를 보고 좀 놀란 것 같았지만 금세 부드러운 표정을 지으며 말을 건넸다.

"마이, 식당에서 테이블보와 행주를 가져오렴."

마이는 방금 받았던 충격을 할머니에게 전하는 것은 불가능하다는 것을 순간 깨달았다. 그것은 지금 상황과는 너무도 어울리지 않았기 때문이었다. 그리고 마이도 그 잡지에 대해 말하고 싶지 않았다. 그래서 말없이 부엌으로 들어가 테이블보와 행주를 가져왔다. 어찌 할 바를 몰랐기 때문이다.

할머니는 커다란 통에 물을 끓이고 있었다. 그러고는 마이가 테이블보와 행주를 가져오자 '고맙구나.'라고 말한 뒤, 비누와 함께 통에 넣고 삶기 시작했다.

"마이 저쪽 통에 들어가서 시트를 밟아 주렴. 맨발로."

마이는 말없이 맨발로 통에 들어가 시트를 밟기 시작했다. 차가운 물이 발목 근처에서 물결치자 기분이 한결 좋아졌다. 시트는 밟을수록 거품이 나면서 조금씩 물이 더러워지기 시작했다 마이는 열심히 밟았다. 언제까지나 밟고 싶었다.

"마이, 그래. 바로 그렇게 하는 거야. 잘한다 아주 잘했어. 이제 그 물을 버리고 새 물로 헹구자."

마이는 일단 밖으로 나와 비눗물을 버렸다. 할머니는 통에 새로 차가운 물을 받았다. 이번에는 거품을 빼기 위해 밟았다. 맨 나중에는 헹군 물이 햇빛에 맑게 반짝였다.

다 헹구고 나자 할머니와 마이는 시트 끝을 마주잡고 서로 반대 방향으로 짜기 시작했다. 깜짝 놀랄 만큼 많은 물이 나왔다. 그러고는 시트를 펴서 반듯하게 접어 팡팡 두드린 다음 다시 펼쳐 라벤다 꽃밭에 활짝 펴서 말렸다.

"더러워지잖아."

"아까 물을 뿌려 둬서 깨끗해. 이렇게 하면 시트에 라벤다 향기가 배어서 푹 잘 수가 있단다."

삶은 빨래는 놀랄 만큼 새하얗게 변했다. 전부 깨끗한 물에 헹구어 꼭 짜서 빨랫줄에 널었다.

빨래를 너무 열심히 빨았는지, 빨래가 다 끝난 다음 마이는 녹초가 되어 버렸다.

"여기에는 세탁기가 없어?"

"예전에는 있었단다. 혼자 되고 나서 사용하지 않다 보니까 고장나 버렸어."

할머니가 '고장나 버렸어.'라고 정말 슬프다는 듯이 연극 대사처럼 읊조린 바람에 마이는 저도 모르게 웃음을 터트렸다. 왠지 긴장이 풀리는 것만 같았다.

점심을 먹고 마이는 어제 발견한 뒷산 언덕 밑으로 갔다. 그리고 나무 둥치에 앉아 멍하니 시간을 보냈다.

쇠박새 무리가 눈앞의 어린 개암나무에 내려앉아 한참 울다가 어디론가 날아갔다. 그러고는 다시 조용해졌다.

마이는 옆에 떨어진 마른 잎을 주워 손바닥 위에 올려놓았다. 빛나는 햇빛도, 시들어 버린 마른 잎에 덮인 부드러운 부엽토도, 마이를 지키듯이 에워싸고 있는 푸르게 반짝이는 나무들도, 정말 좋았다.

마이는 거기에 존재하고 있는 모든 것을 하나하나 탐욕스럽게 즐겼다. 공기조차 꿀처럼 달았다. 오늘 아침 사건에 그렇게 동요했던 것이 믿어지지 않을 정도였다.

잠시 그러고 있다가 오후는 공부할 시간이라는 것을 생각해 내고 당황하며 일어났다. 그리고 다시 한 번 심호흡을 하고 나서 집으로 향했다.

"마이, 아무 데나 좋으니까 밭을 만들어 봐라."

다음 날, 아침을 먹으며 할머니가 생각난 듯이 말했다.

마이는 순간 무슨 소리인지 몰라 멍하니 할머니의 얼굴을 바라보았다.

"할머니 집 정원이나 산속, 마이가 맘에 드는 곳을 골라 봐라. 거기를 마이에게 줄 테니까."

빵을 입으로 가져가던 손이 그대로 멈추었다. 생각지도 못했던 선물이었다. 너무 기뻐서 숨을 쉴 수가 없을 정도였다.

"아무 데나 상관없어?"

마이는 숨도 쉬지 않고 물었다. 이 행운이 도망가지 못하도록.

"아무 데나. 브라키의 무덤만 빼고."

할머니가 고개를 끄덕였다.

마이의 영혼은 순식간에 몸을 빠져나와 정원과 야산을 바람처럼 떠돌았다. 그리고 정했다.

"나 정했어. 제일 맘에 드는 장소."

"벌써? 그럼 나중에 거기에 가 보자꾸나. 그전에 그걸 빨리 먹어야지."

아침이 문제가 아니었지만 마이는 깨끗이 다 먹었다. 그리고 할머니가 사용한 그릇까지 개수대에 가지고 가서 물로 헹구고 타월이라고 해도 좋을 정도로 큰 마른 행주로 깨끗이 닦았다. 할머니네 행주는 전부 큼직큼직하여 좋았다. 다 닦아서 찬장에 그릇을 넣고 마지막으로 행주를 빨아 식당 밖에 있는 행주걸이에 예쁘게 걸어 말렸다. 문과 문 사이에 피어 있는 물망초 닮은 잡초에 물을 주는 것도 잊지 않았다. 처음 발견한 날부터 그러기로 결심했다. 이 일은 마이가 매일 몰래 실행하기로 정한 것 중의 하나였다.

할머니는 뒤뜰에 거칠게 자란 세이지의 윗부분을 전정가위로 능숙하게 잘라 으름덩굴로 만든 바구니에 넣고 있었다. 다른 바구니에는 아침을 먹기 전에 자른 민트가 가득 들어 있었다. 민트와 세이지의 싱그러운 풀내음으로 숨이 막힐 지경이었다.

그 옆 아궁이에서 물이 끓고 있었다.

"마이, 부엌에 있는 냄비와 통을 전부 가져와라."

마이는 부엌에 들어가 냄비와 통을 있는 대로 가져왔다.

"고맙구나. 그럼 그걸 바닥에 나란히 놓아 줄래?"

마이는 할머니가 시킨 대로 냄비와 통을 바닥에 가지런히 세웠다. 할머니는 민트와 세이지의 잎을 냄비와 통에 넣고 끓는 물을 부었다.

"다 됐다. 돌아오면 민트 티와 세이지 티가 되어 있을 거야. 자 가자."

할머니는 재촉하듯이 미소를 지었다.

"할머니, 저렇게 많이, 어디에 쓰려고? 내 약이야?"

마이는 뒷산으로 가는 길을 걸으며 조금 불안해져 물었다.

"후후. 아니야. 저건 모두 우리 정원과 밭이 마실 거야. 방충제 대신이니까."

"흠."

닭장 옆에 왔을 때 할머니가 잠깐 멈춰 서서 닭장 앞에 당당히 뿌리를 내리고 있는 한 무더기 풀을 손으로 가리켰다.

"마이는 저 풀 이름을 아니?"

"몰라. 무슨 풀인데?"

"한자로 백굴채(白屈菜), 애기똥풀이라고 하는 양귀비과 풀이란다. 그냥 풀같이 생겼지? 그렇지만 맹독이 있으니까 조심해야 해."

"전혀 그렇게 안 보이는데. 그냥 흔한 풀 같은데."

할머니는 다가가 잎을 뜯어 줄기를 벗겼다. 순식간에 마치 피가 솟듯이 빨간 즙이 나왔다.

"이 즙을 먹어서는 안 돼. 그런데 재미있는 것은 이 즙이 굉장히 좋은 약이 된다는 거란다. 특히 눈병에 특효약이지. 하지만 아까도 말했듯이 절대 먹어서는 안 된다."

할머니의 얼굴이 너무 진지해서 마이도 긴장한 나머지,

"절대 안 먹을게. 아니 가까이 가지도 않을 거야."

라고 선언했다.

할머니는 웃으며 말했다.

"지금은 그러는 것이 좋을지도 모르겠다. 나중에 자세한 사용법을 알려 주마. 언젠가 필요할 때가 올 거야."

밖에서 지렁이를 쪼아 먹고 있던 수탉이 아까부터 마이를 힐끗거리고 있었다. 마이도 금세 눈치를 채고,

"잘 있었니?"

라고 말을 걸었다. 물론 수탉은 대답하지 않았지만 만족스럽다는 듯이 눈을 깜빡이더니 이내 지렁이를 쪼아먹는 데 여념이 없었다.

"사이가 좋구나."

할머니가 재미있다는 듯이 말했다.

"아니."

마이는 할머니처럼 씩 웃었다.

"실은 사이가 굉장히 나빠."
"저런."
할머니가 웃었다.
"마이도 제법 마녀다워졌네."
미처 따지 못했던 산딸기가 드문드문 남아 있는 숲을 지나고 언덕을 넘어서 마이는 삼나무 숲과 대숲 사이의 그곳으로 갔다.
"할머니 여기야."
할머니는 웃으며 조금 머뭇거리더니 그곳으로 들어왔다. 그리고 나무 둥치에 앉았다.
"마이가 좋아할 만한 곳이구나. 나무 둥치도 있고. 예전에 우리가 이곳으로 이사오기 직전에 이 나무들이 잘렸단다. 처음에 왔을 때는 조그맣지만 울창한 숲이었는데……. 막 자른 냄새가 나는 나무 둥치를 보며 굉장히 슬퍼했던 기억이 난다. 그래도 이렇게 사이사이에 꽃을 피우고 어린 나무들도 무럭무럭 자라 새싹을 피우고 있구나. 들장미도 있네. 난 그때의 슬픈 기억이 있어서 여기에서 그리 많은 시간을 보내지는 않았지만 말야."
할머니는 혼잣말처럼 먼 곳을 바라보며 이야기했다.
"얼마나 옛날?"
"글쎄, 한 사십 년 전쯤 되었을까? 그때는 아직 도로포장도 안 되었을 때여서 차도 거의 지나갈 수 없었단다. 여기하고 저쪽 대숲 경계가 계단으로 되어 있지?"

"정말 그러네."

"거기에서 이쪽 삼나무 숲까지 하고 지금 지나온 뒤뜰에서 언덕, 그리고 밭과 앞마당을 할아버지가 사셨단다. 당시에는 지금보다 훨씬 외지고 불편한 곳이었지만 할아버지는 할 수만 있다면 이 산 전체를 다 사고 싶어 하셨었지."

"그럼 여기는 우리 땅이지. 대숲 저편은 아니고."

"그래. 다행이다. 마이는 여기가 좋단 말이지……. 그런데 여기에 밭을 만들 수 있을까?"

마이는 퍼뜩 정신이 들었다. 이렇게 많은 나무 둥치, 땅 속 깊이 뻗어 있는 뿌리들, 여기를 밭으로 가꿀 수 있을까? 여기를 밭으로 만들어 버리면 여기는 여기가 될 수 없는데……. 마이는 여기가 좋았다. 할머니가 어디라도 상관이 없다고 한다면 여기 이외에 다른 곳은 생각할 수 없었다.

시무룩해진 마이의 모습에 할머니가 위로하듯이 말했다.

"여기는 마이의 '장소'로 하자. 아무것도 만들지 않고 이대로 놔두기로 하고 심을 수 있는 것…… 그래, 야생 엉겅퀴나 도라지, 용담, 제비꽃같이 강하면서도 부드러운 것으로 하면 되지.

삽으로 옮길 수 있을 만큼만. 그리고 가을에는 아네모네 구근을 보물찾기 때처럼 여기저기 심어 놓으면 될 거야."

마이는 그 말을 듣는 순간, 눈앞이 갑자기 환해지는 것만 같았다. 그거야말로 마이가 원하던 마이의 '장소'였다.

"할머니 그게 좋겠다. 난 할머니가 정말 좋아."

"아이 노우."

할머니는 눈을 가늘게 뜨며 만족스럽게 대답했다.

이 장소를 더 편하게 만들어야지. 뒤쪽에서 발견한 7센티미터 정도의 아기 단풍도 옮겨 올까? 그리고 무언가 '보금자리'도 있으면 좋겠어. 산새나 다람쥐의 보금자리라도……. 아니 아무것도 바꾸지 않는 것이 좋겠다. 내 '장소'. 집으로 돌아오는 길 내내 마이는 이 생각 저 생각으로 바빴다. 할머니는 그곳을 '마이 생추어리(my sanctuary)'라고 불렀다.

끓는 물을 부어 놓았던 허브 티가 진하게 우러나 있었다. 할머니는 허브 티를 물뿌리개에 넣고 물을 더 부어 마이에게 건네주며 밭에 뿌리라고 했다. 마이는 밭을 몇 번이나 돌아다니며 허브 티를 뿌렸다.

할머니는 다른 물뿌리개를 이용하여 뒤뜰에도 허브 티를 뿌렸다. 보라색 양배추 외투에 뿌린 허브 티는 투명한 호박색 구슬이 되어 흔들거렸다. 잠자고 있던 배추흰나비의 애벌레와 진드기도 화들짝 놀라 도망쳤다. 마이는 큰 소리로 웃으며 그 모습을 바라보면서도 머릿속으로는 그 '장소'에 대해 생각하고 있었다. 정말 내 장소가 된 거야…….

나중에 아주 나중에 마이는 할머니가 법률적으로도 그 '장소'를 마이 것으로 해 주었다는 것을 알았다. 그리고 그것이 할머니의 산을 개발 붐에서 구하는 일이 되었다.

마이의 하루는 숙제 몇 가지와 자유로운 휴식 시간으로 차츰 굳어져 갔다.

마녀 수행은 당초에 마이가 원하던 것과 다른 것처럼 보이기도 했으나 그런대로 신선하고 재미있었다.

저녁 식사 후의 시간은 언제부터인가 '마녀의 주의 사항 강좌'가 되어 버렸다. 마녀가 되기 위한 필수 조건이란 뭐니뭐니해도 '스스로 결정한다.' 하는 것에 있었다. 예를 들어 어떤 날에는 이런 식이었다.

"눈을 감아 봐라."

마이는 시키는 대로 눈을 감았다.

"마이가 제일 좋아하는 머그잔을 머릿속에 그려 봐."

"응."

"확실하게 그랬니? 손을 뻗으면 만질 수 있다고 생각될 정도로?"

"아니, 아직."

늘 사용하여 익숙한 컵인데도 마이는 세세한 부분까지 도저히 그릴 수가 없었다.

"할 수 있어. 그 비법은 말이지. 아침에 눈을 뜨기 직전의 꿈과 현실의 경계를 확실하게 자기 것으로 만드는 거에 있어. 이제부터는 매일 아침 그 순간을 의식하고 내 것으로 만들어 봐. 그리고 내가 보려고 하는 것을 볼 수 있도록 훈련하는 거야. 처음에는 컵이든 사과든 상관없단다. 그걸 할 수 있게 되면 이번에는 실제로 보이지 않는 것, 예를 들어 상자 안에 들어 있는 것 같은 것을 보고 싶다고 생각하고 실제로 볼 수 있도록 하는 거야. 그러려면 시간이 좀 걸리겠지만 말야. 하지만 여기에서 주의할 게 있어. 가장 중요한 것은 보려고 하거나 들으려고 하는 것은 의지력이라는 것. 나는 보려고 하지도 않는데 뭔가 보인다거나 들린다는 것은 굉장히 위험하고 불쾌한 일이거든. 일류 마녀에게는 있을 수 없는 일이야."

그럼 할머니의 할머니가 체험한 꿈은 도대체 뭐였을까? 하는 의문이 들었다. 할머니는 그런 마이의 생각을 읽기라도 한 것처럼 말을 이어 갔다.

"우리 할머니의 경우는 스스로 자각한 마녀가 아니었단다. 처음에는 말야. 그러니까 아무런 준비도 하지 않았을 때 그런 일이 생겨서 할머니에게는 굉장히 괴로운 일이었지. 하지만 훈련을 받은 마녀에게는 그런 일이 일어나지 않아. 보고 싶다고 생각하면 보이고, 듣고 싶다고 생각하면 들리는 거야. 모든 일의 흐름에 따른 올바른 소원이 빛으로 변해 실현되는 거지. 그건 정말 멋진 능력이란다."

마이는 정말 그것이 멋진 능력이라고 느껴졌다. 그걸 언제 획득할 수 있을까? 할머니는 정말 그런 능력이 있을까?

"할머니도 그럴 수 있어?"

마이는 저도 모르게 물었다.

할머니는 전처럼 씩 하고 마녀의 웃음을 지으며 말했다.

"할 수 있고 없고의 문제를 떠나서 난 그런 일은 하지 않아. 필요가 없으니까."

마이는 할머니에게 한방 먹었다는 느낌이 들어서 "왜?"라고 크게 소리쳤다.

"그건 말이다."

할머니는 마이에게서 살짝 눈을 돌리고는 뭔가 생각하듯이 대답했다.

"아침에 일어나지? 밖이 아직 어두운 계절이 있는가 하면 요즘처럼 이른 새벽부터 태양이 떠올라 환한 계절도 있지. 맑은 공기를 마시며 새로운 하루가 시작되었구나, 하고 느끼지. 물을 끓이고 차를 준비하고 밖으로 나가 초목을 감상해. 때로는 생각지도 못했던 식물이 묵묵히 싹을 틔우기도 하고 봉오리를 맺기도 하고, 새로운 새싹이 아침 햇빛에 맑은 아침 이슬을 머금은 것을 발견하기도 한단다. 정원은 매일 변하는 거야. 그리고 일을 하지. 난 그런 매일 이외에 아무것도 원하지 않아. 변화를 미리 안다는 것은 나에게 서프라이즈(surprise)의 즐거움을 빼앗는 거야. 그래서 필요가 없단다."

"그렇지만 난 그런 생활을 언제까지나 계속할 수는 없어."

"왜?"

"응?"

마이는 더듬거렸다. 당연하잖아. 왜 할머니는 당연한 걸 묻는 걸까?

"왜냐하면 학교에도 가야 하고, 거기에다……."

"마이는 여기에서 계속 살아도 돼. 마이가 원한다면 내가 엄마한테 말해 줄게."

할머니가 부드럽게 말했다. 마이는 어찌할 바를 몰랐다.

그런 건 생각해 본 적도 없었다. 할머니하고 여기에서 계속 살다니……. 폭풍이 몰아치는 황야를 고독하게 걷던 떠돌이가 오두막을 발견하고, 그 안으로 들어가자 따뜻한 난로에 김이 모락모락 나는 맛있는 음식이 있고, 사랑이 넘치는 웃는 얼굴로 언제까지나 여기에 살아도 된다고 말하는 것과 마찬가지였다.

할머니의 말에 마이는 온몸에 힘이 빠지는 것만 같았다. 언젠가는 돌아가야 한다고, 줄곧 그렇게 생각하고 있었다. 그렇기 때문에 아직 전투태세를 풀지 않고 있었던 것이다.

"그렇지만 내가 돌아가지 않으면 엄마는 혼자가 되잖아……. 할머니하고 같이 사는 것도 굉장히 좋지만……."

"알았다. 그럼 마이에게는 마녀 수행이 필요하겠구나."

할머니는 단호하게 말하고 싱긋 웃었다.

왜 그때 황야의 유일한 피난처인 그 집에서 사는 걸 선택하지 않았을까, 마이는 두고두고 아릿한 기분이 들었다. '좀 생각해 보고.'라고 말할 수도 있었는데…….

마이는 당황하며 그 자리에서 거절해 버렸다. 엄마는 구실에 지나지 않았다. 그것은 할머니도 잘 알고 있었을 것이다.

마이의 몸과 마음은 전투태세를 풀고 평온한 생활로 들어가는 것을 거부한 것이다. 그게 올바른 것이었는지 아니면 비틀린 것이었는지 마이는 어른이 되어서도 알 수가 없었다.

마이는 할머니의 제안을 거절한 것이 왠지 미안해져서,

"할머니는 누구한테 마녀 수행을 받았어?"

하고 화제를 바꾸었다.

"고모한테서. 여동생하고 같이. 여동생은 아주 우수한 학생이었지. 여동생은 그런 걸 좋아하기도 했고 선천적으로 능력이 뛰어났으니까."

할머니의 여동생, 이모 할머니에 대해서 마이도 조금은 알고 있었다. 이모 할머니는 해마다 마이 엄마에게 크리스마스 카드를 보냈다. 그리고 반드시 마이에게도 안부를 물었다. '아! 그 할머니도 마녀였구나.' 마이는 막연하게만 느꼈던 영국의 가족이 갑자기 친근하게 느껴졌다.

"여동생은 지금도 그것을 생업으로 삼고 있단다."

"할머니는 정말로 그런 능력을 보통 때 사용하지 않아?"

할머니는 입꼬리를 올리며 조용히 미소 지었다. 그리고 먼 곳을 바라보며 조용히 대답했다.

"그렇구나. 딱 한 번 그런 일이 일어난 적이 있었지."

"뭔데?"

"비, 밀."

그렇게 말하며 할머니는 한쪽 눈을 찡긋했다.

"그러면 더 알고 싶잖아. 할머니는 일어날 일을 미리 알아도 어쩔 수 없다고 했잖아. 그거랑 다른 거야? 미리 알아서 도움이 되는 거야?"

"그래. 나를 초조하게 만들기도 하지만."

"뭔데?"

"언젠가 알게 될 거야."

그리고 이 년 후, 마이도 알게 된 때가 왔다.

마이가 할머니 집에 온 지 삼 주쯤 지났을 때였다. 항상 그렇 듯이 반쯤 감긴 눈으로 잠에 취한 채 계란을 가지러 닭장으로 향했다.

마이는 묘하게 조용했던 그날을 기억하고 있다. 어렴풋이 무엇인가 섬뜩하다는 느낌마저 들었다.

누군가 숨을 죽이고 노려보고 있는 것만 같은 기묘한 기운은 닭장에 이르렀을 때 최고조에 달했다. 닭장이 보이는 순간, 봐서는 안 된다고 강하게 명령하는 소리가 들리는 것만 같았다. 그러나 마이의 눈은 다큐멘터리 영화라도 찍는 것처럼 그 순간의 영상을 마음속 깊이 새겨 넣었다.

여기저기 흩어진 털. 볏이 달린 닭 머리. 하얀 눈. 근육이 불거진 가느다란 다리. 그리고 닭 털이 그대로 남아 있는 살덩어리.

그 순간 숨을 쉬는 것도 잊은 채 자신이 거기에서 벗어날 수 있는 유일한 방법인 양 있는 힘을 다해 비명을 질렀다. 그리고 정신없이 달려 도망쳤다. 깜짝 놀란 할머니가 부엌문으로 뛰쳐나왔다.

"무슨 일이야?"

"닭이……."

마이는 손으로 얼굴을 가렸다. 안 돼, 나는 지금 심한 충격을 받았어. 어디선가 냉정하게 자신을 바라보는 눈이 있었다.

"이런!"

할머니는 모든 것을 이해한 것 같았다.

"안으로 들어오너라."

마이는 도망치듯 안으로 들어가 힐끗 가스레인지를 쳐다보았다. 불이 꺼져 있었다. 다행이다, 역시 할머니야. 그렇다면 나도 전력을 다해 이 사태를 수습하지 않으면……. 어디 먼 곳에서 속삭이는 소리가 들려왔다.

할머니는 마이에게 따뜻한 우유를 건네며 식탁 앞에 섰다.

"전에도 이런 일이 있었지. 아마도 들개나 족제비 짓일 거야. 브라키가 있었을 때는……."

할머니는 주전자를 불에 올려놓고 밖으로 나가 민트를 뜯으면서 말을 이었다.

"이런 일이 없었는데……."

그러고는 민트를 씻어 주전자에 넣고 끓는 물을 부었다.

"할머니, 나 아무것도 안 먹고 싶어. 아침은 필요 없어."

마이는 힘없이 말했다. 할머니는 안쓰럽다는 듯이 마이를 쳐다보았다.

"그럴 만도 하지. 그래도 차 한 잔 마시렴."

그렇게 말하며 마이의 머그잔에 민트 티를 부었다.

민트 티를 마시면서 마이는 언제나 차는 내 편이라고 느꼈다. 위로해 주고 차분하게 하고 자기를 격려하는 의지를 느낄 수 있었다.

"겐지 씨에게 말해서 닭장을 수리해야겠다……."

그 소리를 듣고 마이는 갑자기 가슴이 쿵 내려 앉는 것만 같았다. 겐지 씨가 온다. 민트 티의 위력도 거기까지인 모양이었다.

할머니는 마이에게 오전 중에는 집 안 청소를 하라고 하고 닭장을 치우러 나갔다.

마이는 우선 이 층의 자기 방부터 청소하기로 하고, 빗자루와 쓰레받기를 가지고 천천히 계단을 올라갔다. 펼쳐져 있는 읽다만 책에 갈피를 끼워 책장에 꽂고 창문을 열었다. 닭장을 청소하고 있는 할머니의 모습이 보였다.

생각해 보니 밤중에 닭들이 시끄럽게 떠들어 대는 소리를 들었다. 전에도 몇 번이나 그런 일이 있어서 그냥 닭들이 잠꼬대를 하거나 도둑고양이가 지나가는 소리라고 생각했다. 요즘에는 이 근처에 고양이를 버리러 오는 사람들이 있다는 소리를 할머니에게 들었기 때문이었다. 그런데 그게 아니었다. 그건 닭들의 단말마였던 것이다. 왜 그걸 몰랐을까? 할머니 방에서는 잘 들리지 않으니까 내가 눈치를 챘어야 하는 건데. 그러나 너무 늦었다. 이른 새벽부터 목소리를 가다듬는 수탉의 '꼬끼오' 소리를 잠결에 듣는 일은 이제 없을 것이다.

마이는 막막한 마음에 신경질적으로 침대 밑에 비를 쑤셔 넣으며 청소하기 시작했다. 다 쓸고 나서 할아버지 방의 문을 열었다.

먼지가 쌓인 낡은 책 냄새가 마치 이곳만은 시간이 멈추어 있는 것처럼 느껴졌다. 입구는 어른이 서 있을 정도의 높이였지만 천장이 안쪽으로 낮게 경사져 있어 방으로는 도저히 쓸 수 없는 곳이었다.

창문으로 앞마당이 보였다. 떡갈나무 가지가 창문까지 뻗어 있었다. 무직하고 깊이가 있는 푸르고 짙은 녹색이었다. 창가에는 할머니와 할아버지가 영국에 갔을 때 구한 형석이 놓여 있었다. 녹색 원석이 창백하지만 신비로운 빛을 뿜어내고 있었다.

벽에 대충 판자를 걸쳐 만든 책장에는 조그만 칼 모양을 한 휘안석 결정, 얼음 나라의 파편처럼 생긴 수정, 운모와 석영이 섞인 화강암, 그 외에도 마이가 알지 못하는 빨강이랑 파랑, 녹색의 돌들이 정리되지 않은 채 나뒹굴고 있었다. 바닥에는 책장에 들어가지 못한 책들이 여기저기 쌓여 있었다.

할머니는 할아버지가 돌아가신 후에도 이 방을 예전 그대로 남겨 두었다.

마이는 창문을 열고 간단하게 바닥을 쓸었다. 그러고는 계단을 쓸고 걸레를 가져와 책상 위와 책장을 닦았다. 아래층으로 내려온 마이는 거실과 할머니의 방을 청소하고, 마지막으로 부엌의 의자를 식탁에 올리고 물걸레로 바닥을 닦았다.

청소를 모두 마치자 시간이 벌써 12시였다. 할머니가 불렀는지 겐지 씨의 목소리가 들렸지만 너무 무서워 밖으로 나갈 수 없었다.

"와! 정말 깨끗해졌네. 고맙다, 마이야. 점심은 어떻게 할까? 아직도 못 먹겠니?"

손을 씻고 있는데 할머니가 들어와서 물었다.

마이는 말없이 고개를 끄덕였다.

"그럼 투명하고 예쁜 젤리라도 만들어 줄까?"

할머니가 어르고 달래듯이 말했다.

오후에는 국어 공부를 한다는 평계로 책을 읽을 예정이었지만 전혀 집중할 수가 없었다. 창문 너머로 보이는 닭장은 철망이 없어져 시원해 보였다. 겐지 씨는 들개나 족제비는 철망 밑을 파고 침입하니까 적어도 30센티미터는 흙을 쌓고 시멘트로 다져야 한다고 했다. 또 조그만 닭장이니까 바로 고칠 수 있다고 하는 소리도 들렸다. 어쨌든 오늘은 우선 구덩이를 파고 내일은 시멘트를 가지고 겐지 씨가 올 것이다.

마이는 책을 덮고 밖으로 나갔다. 마이의 '장소'에 가려고 생각했지만, 그러기 위해서는 닭장 앞을 지나야 했다. 마이는 가슴이 아팠지만 용기를 내어 가기로 했다. 애기똥풀 덤불 위에 찢긴 철망이 아무렇게나 놓여 있었다. 애기똥풀이 무참하게 짓이겨져 있었다. 그 모습을 보고 마이는 너무 비참하다고 생각했다.

빨리 지나치려 했지만 몸이 말을 듣지 않고 또 멈춰 서 버렸다. 도대체 어떤 동물이 어떤 방법으로 이 철망을 부수었을까. 어제까지는 살아 있던 닭, 알을 낳고 날개를 퍼득이며 지렁이를 쪼아 먹던 닭. 그 닭이 물체가 되어 나동그라져 있던 모양을 떠올리자 형언할 수 없는 안타까움과 슬픔이 마이의 가슴을 가득 메웠다.

문득 철망에 붙어 있는 다갈색의 털 뭉치가 눈에 띄었다. 족제비였을까? 여우였을까? 아니면 들개였을까? 이 털 뭉치가 지난밤 닭장을 침입했던 동물에게 붙어 있었다고 생각하자 증오감과 동시에 묘하다는 생각이 들었다. 어쨌든 그런 동물이 존재하였고 이곳이 아수라장으로 변한 것은 사실이었다. 이 털이 그 사실을 말하고 있었다. 자존심이 강한 수탉은 갑작스러운 습격에 경악했지만 암탉을 보호하기 위해 과감하게 싸웠을 것이다.

마이는 어금니를 악물며 그곳을 떠났다. 그리고 곧장 마이의 '장소'에 가서 나무 등치에 앉았다. 조금은 위안이 되리라고 생각했지만 이상하게 뭔가 불편한 느낌이 들었다.

처음에는 의미 없는 잡다한 소리의 집합에 지나지 않았다. 잎사귀와 잎사귀가 서로 부딪치는 소리, 잔가지나 잎사귀가 떨어지는 소리, 멀리 차가 지나가는 소리 등. 그러나 마이의 민감해진 안테나가 마이의 제어를 벗어나 잡음 속에서 뭔가 의미를 주워 담으려 하고 있었다.

그 순간 나뭇가지가 울퉁불퉁한 녹나무, 그 맞은편의 시들어

가는 대나무, 칡 잎이 덮고 있는 덤불이 소곤소곤 속삭이는 것만 같았다.

- 어제의 참극 말야.
- 어둠을 가르며 들리던 비명 소리.
- 아! 불쌍해, 너무 불쌍해.
- 살덩이를 붙이고 있는 생물들은 불쌍해.

갑자기 하늘이 어두워지고 바람이 불더니 나뭇잎들이 일제히 일어나 하얀 뒷모습을 보였다. 휭휭 하고 마이의 머리 위를 지나가는 까마귀의 힘찬 날갯짓 소리가 들렸다.
마이는 갑자기 너무 무서워져 뒤도 돌아보지 않고 할머니의 부엌으로 도망쳤다.

그날 밤, 마이가 할머니하고 같이 자고 싶다고 하자 할머니는 그러자고 했다.
할머니의 방은 일본식 다다미방이어서 이불을 펴고 잤다. 할머니는 할머니 이불 옆에 마이의 이불을 깔아 주었다. 마이는 시트를 두 장 가지고 와서 한 장은 요에, 한 장은 이불에 씌웠다. 할머니에게 이불 까는 법을 배우고 난 뒤 생긴 버릇이었다.

마이가 이불 속으로 들어가자 할머니는 불을 끄고 베개맡의 스탠드를 켰다. 그리고 할머니도 이불 속으로 들어갔다. 마이는 할머니가 잘 자라는 말을 하기 전에 급히 말을 꺼냈다. 오늘 마이의 '장소'에서 있었던 무서운 사건에 대해서였다. 마이가 말을 끝내자 할머니는,

"별일 아니야. 마이는 오늘 엄청 동요하고 있었으니까. 신경 쓸 거 없단다. 그냥 무시하면 되는 거야."

"왜?"

"그 소리는 마이가 듣고 싶어 했던 소리가 아니잖아. 그런 어설픈 체험을 신기하다고 소중하게 여기면 끊임없이 그런 체험에 휘둘리게 되는 거야. 그러니까 무턱대고 무서워할 건 없어. 거기에 반응하는 꼴이 되니까. 그냥 이렇게 머리를 높이 들어라."

그렇게 말하면서 할머니는 턱을 높이 쳐들었다.

"무시하는 거야. 상급 마녀는 외부의 자극에 결코 동요하지 않아."

마이는 그건 절대 무리라고 생각했다.

마이는 그것보다 할머니에게 꼭 물어봐야 할 일이 있었다. 마이가 몇 년 동안 생각하고 겁먹고 있는 사항이었다. 생각하지

않으려고 애를 써도 밤이 되면 머릿속에서 떠나지 않았다. 벌써 몇 년째 블랙홀로 빨려 들어가는 것만 같아 울부짖고 싶었다.

"할머니."

마이는 낮게 할머니를 불렀다.

"응?"

할머니도 낮게 대답했다.

"사람이 죽으면 어떻게 되는 거야?"

그 소리를 듣고 할머니는 소리라고 할 수 없는 작은 신음 소리를 냈다. 그러고는 한숨을 쉬며 말했다.

"모르겠다. 실은 나도 죽어 본 적이 없거든."

팽팽했던 긴장감이 순식간에 느슨해지는 것 같았다. 그럴 생각이 아니었는데 웃음이 터져 나왔다.

"아유, 할머니도 참."

할머니도 웃으면서 말을 이었다.

"아직 죽어 보지는 않았지만 할아버지가 돌아가시는 것도 보았고, 마녀 훈련도 받아서 어느 정도의 지식은 있지. 또 이렇게 나이를 먹으면 죽음을 생각하며 살아가는 거니까."

할머니는 한쪽 눈을 찡긋했다.

"말하자면 전문가라고나 할까? 마이는 운이 좋은 거야."

"그건 그러네. 아빠보다는 할머니가 더 많이 알 것 같아. 처음부터 할머니한테 물어보았으면 좋았을걸."

"아빠한테 물어보았니?"

마이는 순간적으로 입을 다물었다가 내키지 않는 듯 대답했다.

"응. 벌써 몇 년 전이지만."

"아빠는 뭐라고 했니?"

마이는 다시 입을 다물었다. 하지만 잠시 후 다시 입을 열려고 했을 때는 목이 메어 우는 소리가 되어 버렸다.

"아빠는 죽으면 그걸로 끝이래. 뭐가 뭔지 하나도 모르게 되고 자기가 없어지는 거라고 했어. 아무것도 남지 않는 거라고. 그래서 내가 죽어도 태양이 뜨고 모두 아무렇지도 않게 생활하는 거냐고 물었더니, 그렇다고 했어."

끝말은 거의 흐느낌이었다.

할머니는 말없이 듣고 있다가 이불을 들추고,

"마이, 이쪽으로 들어오너라."

하고 부드럽게 말했다.

마이가 흐느끼며 할머니 이불 속으로 들어가자, 할머니는 마이의 등을 쓰다듬어 주며 말했다.

"그래서 마이가 많이 괴로웠구나."

마이는 대답을 하는 대신 한참 울었다.

할머니는 마이의 등을 쓰다듬고 있다가 마이가 어느 정도 진정된 듯 하자,

"할머니가 믿고 있는 죽음에 대해 말해 줄까?"
하고 속삭였다.

"응."

마이가 작은 목소리로 대답했다.

"할머니는 사람에게는 영혼이 있다고 생각한단다. 사람은 몸과 영혼으로 이루어져 있어. 솔직히 할머니도 영혼이 어디에서 왔는지는 몰라. 사람들은 이러쿵저러쿵 말하지만 말이다. 하지만 몸이 태어나서 죽을 때까지만 존재하는 것과는 달리 영혼은 오래오래 여행을 해야 하지. 아기로 태어났을 때 몸으로 들어가는 영혼이나, 몸이 나이를 먹어 낡은 몸을 떠난 후의 영혼은 계속해서 여행을 하는 거야. 그러니까 죽는다는 것은 몸속에 갇혀 있던 영혼이 몸을 벗어나 다시 자유로워지는 것이라고 생각해. 그리고 영혼이 몸에서 해방되면 굉장히 즐겁지 않을까?"

"그럼 영혼은 나야?"

"영혼과 몸이 합쳐진 것이 마이, 바로 너지."

마이는 잠시 생각해 보았지만 역시 이해가 되지 않았다.

"그럼 내가 이렇게 생각하고, 즐거워하고, 슬퍼하는 감정은 뭐야? 난 이런 감정들이 사라져 버리는 게 제일 무서워."

"마이, 아까 할머니가 상급 마녀는 외부의 자극에는 반응하지 않는다고 했지? 물론 완벽하게 수행하기는 어렵단다. 정확히 말하면 상급 마녀가 될수록 외부 자극에 반응하는 정도가 낮다고 하는 게 맞을 거야. 왜냐하면 육체를 가지고 있는 인간이면 누구나 상처를 받으면 아프고 감기에 걸려 열이 나면 의식이 몽롱해지잖아. 먹을 것이 없으면 배가 고파서 신경질적으로 변하는 사람도 있고……."

"응, 나도 그런 적 있어."

"그래? 요즘에는 칼슘이 부족하면 신경질적이 된다고 하잖아. 그것도 역시 몸이 있으니까 몸의 의식에 영향을 끼치는 것 아닐까?"

"그럼 나는 영혼과 몸의 합체라는 말이야?"

"그래. 죽는다는 것은 그중 몸 부분이 없어진다는 의미니까 죽은 다음에도 마이가 지금처럼 살아 움직이는 마이라고 하기는 어렵겠구나."

"그럼 마녀는 살아 있을 때부터 죽는 연습을 하는 거야?"

"그래. 충분히 살기 위해서 죽는 연습을 해야 하는 거란다."

마이는 골똘히 생각했다.

"그럼 몸을 가지고 있다는 것은 꼭 좋은 것만은 아닌 것 같아. 마치 괴로워하기 위해 몸이 있는 것 같아."

마이는 처참한 모습으로 갈기갈기 흩어져 있던 닭을 생각했다.

"닭이 참 안됐지?"

할머니가 슬프게 말했다. 마이는 할머니는 어떻게 내 생각을 꿰뚫어 보는 걸까, 이상한 느낌이 들었지만 물어봐도 소용없을 것 같았다.

"그렇게 죽는데도 몸이 필요한 거야?"

마이가 따지듯이 물었다.

"그 닭에게는 그 닭만의 사정이 있었겠지. 영혼은 몸을 가져야만 어떤 것을 체험할 수 있을 거고, 체험을 해야 영혼은 성장할 수 있는 거란다. 그러니까 이 세상에 태어난다는 것은 영혼에게는 바라고 바라던 빅 찬스라고 할 수 있겠지. 성장할 기회가 주어진 거니까."

"성장 같은 거……."

마이는 왠지 화가 났다.

"성장 같은 거 안 해도 돼."

할머니는 난감한 듯이 한숨을 쉬며 타이르듯 말했다.

"그래, 그럴 수도 있지. 그렇지만 그게 영혼의 본질이니까 어쩔 수 없단다. 봄이 되면 싹이 나고 그 싹이 햇빛을 향해 뻗어나듯이 영혼도 성장하고 싶어 해."

마이는 이해하고 싶지 않았다. 그렇지만 오랫동안 돌덩어리처럼 마음을 짓누르고 있던 고민이 없어지고 다른 문이 활짝 열린 것처럼 기분이 가벼워졌다.

"그리고 몸이 있어 좋은 것도 많이 있단다. 마이는 이 라벤다 향이 나는 시트를 덮으면 행복하지 않니? 추운 겨울 양지바른 곳에서 햇빛을 쬐고 있거나, 더운 여름에 나무 그늘에서 시원한 바람을 느낄 때 행복하지 않아? 처음으로 철봉을 넘었을 때, 자기 몸이 자기 생각대로 움직이는 즐거움을 느낀 적 없어?"

분명 그랬다. 마이는 대답 대신 뽀로통하게 고개를 끄덕였다. 할머니는 웃으면서 이제 포기해라라고 하는 듯이 "오늘은 그만 자자."라고 말했다.

다음 날 아침, 마이는 눈을 뜬 순간 여기가 어딘가 하고 이리저리 두리번거렸다. 그리고 금세 어젯밤의 일이 기억나서 옆자리를 보았지만 할머니는 이미 나가고 없었다. 어젯밤 할머니하고 오랫동안 이야기를 나눈 다음에도 마이는 이 생각, 저 생각으로 쉽사리 잠을 이루지 못했다. 시계를 보니 벌써 7시 반이었다. 마이는 서둘러 일어나 부엌으로 갔다.

"안녕, 할머니."

마이는 언제나처럼 아침 인사를 하고 계란을 담을 볼을 챙기려고 했다.

"저 마이……."

할머니는 곤란한 표정으로 머뭇머뭇 고개를 가로저었다.

"아, 그렇지."

마이도 그제야 생각이 났다. 오늘은 어제의 연속이었다.

할머니는 죽을 끓이고 있었다. 마이는 테이블을 닦고 젓가락과 수저를 준비했다. 할머니는 죽을 담아 쟁반에 가져왔다.

"결혼해서 처음으로 죽을 끓였을 때, 설탕을 넣어 아주 다디달게 끓였단다. 맛있게 만들고 싶었거든."

마이는 깜짝 놀랐다.

"왜?"

"그런 종류의 설탕 과자가 있었거든. 그리고 할아버지가 말야. '감기에 걸려 죽이 먹고 싶어. 죽은 말이지, 라이스를 걸쭉하게 만든 거야.'라고 설명했거든. 그래서 그런 거라면 나도 만들 수 있을 것 같아, 라고 대답하고……."

할머니는 쿡쿡 웃으며 말을 이었다.

"건포도랑 우유랑 여러 가지를 넣어서 가져갔지. 할아버지가 말한 대로 죽 위에 우메보시(매실 장아찌)도 올리고 말야. 뭔가 이상하다는 생각은 했지만……."

"할아버지가 그걸 먹었어?"

"응, 내가 만든 성의를 생각해서 먹었을 거야. 그리고 너무 열이 높아서 맛도 제대로 몰랐을 거고."

"할아버지는 정말 좋은 사람이었구나. 그렇지만 지금 할머니를 보면 완전히 일본 사람 같아서 그런 일이 있었다는 게 믿어지지가 않아. 나보다 일본 말도 더 잘하고……."

"단련, 단련. 마이의 마녀 수행도 곧 성과가 있을 거야."

할머니는 즐겁다는 듯이 웃었다. 마이도 어제보다는 기분이 좋아졌다. 죽도 아주 맛있었다.

"할머니, 나 어제 이상한 꿈을 꾸었어."

죽을 먹고 있던 마이가 갑자기 생각난 듯이 말했다.

"무슨 꿈?"

"게가 된 꿈이야. 아기 게였을 때는 몸도 부드럽고 편했는데 크면서 몸이 점점 딱딱해지는 거야. 그리고 몸 한가운데에 있는 핵까지 딱딱해질 것 같아서 큰일 났다고 생각하고 있는데 탈피가 시작되었어. 얼마 전에 키우던 가재가 탈피하는 걸 봐서 그런가."

"마이는 어떤 기분이었니?"

할머니는 흥미진진한 얼굴로 물었다.

"오랜만에 목욕을 한 것처럼 상쾌했어. 그래서 죽어 영혼이 몸에서 나가는 것도 이런 기분일 거라는 생각이 들었어."

할머니는 눈을 감고 감동한 듯한 얼굴로 말했다.

"정말 고마운 꿈이구나."

"응. 마음이 한층 가벼워졌어."

마이도 솔직하게 인정했다.

"아직도 잘 모르겠지만."

"할머니가 죽으면, 마이에게 알려 줄게."

할머니는 가볍게 대꾸했다.

"응? 정말?"

마이는 순간 기뻐했지만 이내 거북스러워져서 우물쭈물했다.

"아니 그게, 그렇게 급하지……. 난 그냥……."

할머니는 평소의 할머니답지 않게 큰 소리로 웃었다.

"알고 있어. 마이가 무섭지 않은 방법으로, 정말 영혼이 몸에서 탈출했단다, 하고 알리는 정도로만 할게."

"그럼 부탁합니다."

마이는 머리를 깊숙이 숙이며 부탁했다.

"그렇지만 할머니라면 유령이라도 상관없어. 밤에 화장실 갈 때만 빼고."

"생각해 볼게."

할머니는 마녀처럼 씩 웃었다.

그때 거실에서 전화벨이 울렸다.

"이 시간은 엄마가 일 나가기 전이지?"

할머니는 그렇게 말하며 일어서서 빠른 걸음으로 거실로 가서 수화기를 들었다. 마이도 할머니 뒤를 따라갔다.

"여보세요……. 응, 마이하고 둘이서 너일 거라고 말했다."

할머니는 거 봐, 하고 말하는 듯이 마이에게 한쪽 눈을 찡긋했다.

"……응, 잘 지내고 있다. 마이 덕에 아주 즐거워. 어제는 같이 잤단다. ……호호, 너 때는 말야……, 그건…… 잠깐만."

할머니는 마이에게 수화기를 건넸다.

"엄마? 응, 잘 있어. 잘 하고 있어요. ……응? 아빠가 온다고? 왜? ……으응. 아니 괜찮아……, 응. 알았어. 그럼 조심해."

마이는 수화기를 내려놓았다. 그리고 눈을 동그랗게 뜨고 할머니를 바라보며 말했다.

"아빠가 온대."

"어제 우리가 한 이야기를 들었나 보다."

할머니도 눈을 동그랗게 뜨고 비밀스럽게 말했다.

마이와 할머니는 식당으로 돌아오면서 아빠에 대해 한참을 이야기했다.

"일부러 날 만나러 오는 걸까?"

"엄마 말로는 지난 연휴 때 못 쉬었던 걸 대신해서 휴가를 받았다고 하던데."

"아직 일주일이나 남았지?"

"아빠가 오면 뭔가 맛있는 걸 만들어 줄까? 달걀이 없어서 좀 서운할까?"

"그렇지는 않을 거야."

그때 밖에서 사람이 지나가는 소리가 들렸다. 마이가 창문으로 내다보니 시멘트 포대를 어깨에 짊어진 겐지 씨가 걸어가고 있었다. 마이는 저도 모르게 고개를 움츠렸다.

"겐지 씨. 오늘은 빨리 왔네?"

할머니는 밖으로 나가 그를 쫓아갔다.

마이는 천천히 시간을 들여 설거지를 하고, 언제나처럼 일광욕실의 문과 문 사이에 피어 있는 물망초처럼 생긴 잡초에 물을 주었다. 원래는 일광욕실의 유리는 투명한데 잡초가 피어 있는 주변은 흙탕물이 튀어 더러워져 있었다.

그래. 이 풀을 아기 물망초라고 부르자. 비슷하게 생겼고 좀 작은 식물에는 아기라는 말을 붙이니까.

닭장 쪽에서 사람이 다가오는 기척에 마이는 당황하여 재빨리 집 안으로 숨었다. 겐지 씨였다. 잊은 물건이 있는 모양이었다. 마치 산을 타는 것처럼 어깨를 흔들며 걸어가고 있었다.

벌레가 기어간 자리를 금방 알아볼 수 있게 하얀 띠가 생기는 것처럼 그 사람이 지나간 자리는 역한 땀 냄새로 풀조차 술렁거리며 좀처럼 원래대로 돌아가지 않았다. 깨끗하고 차가운 밤이슬이 내려 따사로운 아침 햇살에 마를 때까지 절대로. 마이는 너무 불쾌한 나머지 그런 생각을 하고 있었다.

겐지 씨가 돌아오는 기척이 났다. 마이는 거실로 이동했다. 그러고는 문을 잠그고 커튼을 닫았다.

한낮에 커튼을 닫아 놓은 거실은 그때까지와는 전혀 다른 방처럼 보였다. 마이는 참을성 있게 폭풍이 지나가기를 기다렸다. 그리고 할머니가 구출해 주기를. 숨을 죽이고 있자 목 안쪽에서 학학 하는 소리가 나기 시작했다. 힘을 주지 않으면 제대로 숨을 쉴 수가 없었다.

'아 또 시작이다. 이런 대낮에 시작되다니. 캄캄해서 낮과 밤을 착각한 건가?'

마이는 고치처럼 몸을 웅크리고 있을 수밖에 없었다.

"여기 있었구나."

문이 열리고 밝은 빛과 함께 할머니가 들어왔다.

"겐지 씨하고 차를 마시려고 하는데……."

"나, 몸이 좀 이상해. 쉬고 싶어."

마이가 당황하여 말했다. 거짓말이 아닌 것이 다행스러웠다. 그렇지만 순서가 거꾸로였다. 몸이 이상해서 여기에 있었던 것이 아니라, 여기에 있었더니 몸이 이상해진 것이었다. 이건 말하지 않아도 괜찮겠지.

"그래? 그럼 네 방에 들어가 쉬어라. 캄캄한 편이 좋니? 그럼 커튼을 다 닫고……."

할머니는 걱정이 되었는지 마이의 이마에 손을 얹었다.

"열은 없는 것 같은데."

"천식이 시작되었나 봐."

할머니는 눈살을 찌푸렸다.

"커튼에 먼지가 쌓였나?"

"괜찮아. 금방 좋아질 거야."

마이는 힘없이 말하고 이 층 다락방으로 올라갔다.

"아 참. 겐지 씨가 달걀을 가져왔단다. 나중에 먹자."

계단 밑에서 할머니가 밝게 말했다.

"필요 없어."

마이는 계단 중간에서 뒤돌아보며 쌀쌀맞게 말하고는 방으로 들어갔다.

햇빛이 쏟아지는 방에서 깨끗하고 보송보송한 시트를 덮고 누워 있자니 한결 기분이 좋아졌다. 여기에 있으면 일부러 창가로 가 닭장 쪽을 보지 않는 한 겐지 씨 얼굴을 보지 않아도 된다. 목 안 쪽의 학학거리는 소리는 계속되고 있었다. 어제 늦게 잔 탓인지 마이는 그대로 잠들어 버렸다.

눈을 떴을 때, 방 안은 이미 어두컴컴해져 있었다. 순간 아침인지 낮인지 분간이 가지 않았다. 아 그렇지. 낮잠을 잤었지. 꽤 오래 자 버렸네. 혼자 버려진 것만 같아 무섭고 외로웠다. 또 향수병이 오는구나, 하고 마음속으로 각오를 했다. 우선 할머니를 찾으러 가자.

할머니는 부엌에서 뭔가를 끓이고 있었다. 마이는 안심이 되어 큰 소리로 할머니를 불렀다.

할머니는 고개를 돌리며 "아유 깜짝이야."라고 했지만 별로 놀란 것 같지는 않았다.

"괜찮니? 푹 자고 있는 것 같아서 깨우지 않았는데……."

할머니는 불을 끄고 마이에게 다가왔다.

"푹 자고 났더니 상쾌해. 정말 괜찮아. 어젯밤에 이것저것 생각하느라 늦게까지 잠을 못 잤거든."

"그렇다면 다행이구나. 낮잠을 자면 밤에 잠이 오지 않을 텐데……."

할머니는 마이의 머리를 쓰다듬으며 말했다.

"이것저것 다 생각했으니까, 앞으로는 잘 자겠지."

"그렇다면 다행이고……."

할머니는 다시 그렇게 말하며 미소 지었다.

그날부터 이틀이 지나고 마이는 원래의 생활 리듬을 되찾았다. 다소 길을 잃고 헤매기도 했지만 지금처럼 원래대로 돌아가려는 의지만 있다면 곧 마녀 수행도 궤도에 오를 거라고 할머니는 매우 만족스러워했다.

마이는 다시 그 '장소'에도 가 보았다. 전과 마찬가지로 아담

하고 편했다. 호의적이고 따뜻하게 감싸 주는 '장소의 의지' 같은 것이 느껴졌다. 그날 느꼈던 정체를 알 수 없는 공포는 뭔가 잘못된 거라고 생각하기로 했다.

할머니는 내가 진심으로 듣고 싶은 소리가 아닌 소리가 들렸을 때는 무시하라고 했다. 하지만 내가 듣고 싶은 소리가 과연 있을까? 내가 그런 음침한 기운을 원했다고는 생각하고 싶지 않은데……. 그런 능력이 없으면 진짜 마녀가 되는 건 무리일까?

닭장은 예전처럼 돌아왔지만 닭은 없었다.

할머니는 다시 닭을 키우고 싶으면 겐지 씨에게 부탁해서 가져올 수 있다고 했지만 마이는 얼마 동안은 닭을 보고 싶지 않다고 했다. 하지만 사실은 겐지 씨에게 부탁한다는 것이 싫었을지도 모른다.

"할머니가 그러고 싶으면 그렇게 해."

마이는 할머니를 위해서라면 그런 것쯤은 참을 수 있다고 생각했다.

"어떡할까……. 그런 일이 있어서 말야. 조금은 죽은 닭을 위해 애도한 다음에 생각해 볼까?"

'애도하다'라는 말은 마이가 처음 들어 보는 말이었지만, 그 의미는 알 수 있었다. 지금 마이의 기분에 딱 맞는 말이었다.

마이가 다 먹은 그릇을 가지고 자리에서 일어서려고 하자, 할머니가 서랍에서 봉투를 꺼냈다.

"아 참. 설거지는 할머니가 할 테니까 마이는 겐지 씨에게 이 돈을 전해 주렴."

마이는 순간 심장이 얼어붙는 것 같았다. 말없이 그릇을 식탁에 내려놓고 봉투를 받았다.

"지금?"

마이는 풀이 죽은 목소리로 물었다.

"그래. 겐지 씨가 나가기 전에 주는 게 좋을 것 같다."

할머니는 마이의 기분을 전혀 눈치채지 못한 것 같았다. 이번에는 도망칠 수 없었다. 마이는 각오를 단단히 하고 나섰지만 여전히 마음이 무거웠다.

바람이 세게 부는 날이었다. 마이가 앞마당을 지나고 있는데 모래바람이 심하게 일었다. '이것도 마녀 수행 중의 하나야. 아무도 날 동요시키지는 못해.' 마이는 긴장을 풀려고 애썼다. '밥을 먹거나 청소를 하고 빨래를 하는 것과 마찬가지야. 난 할머니 심부름으로 밭에 물을 주러 가. 지금 난 할머니 심부름으로 봉투를 전해 주러 가는 거고. 똑같잖아. 봐, 벌써 그 집이 보이잖아. 그냥 전해 주는 것뿐이야.'

무서운 속도로 자동차가 달려오는 통에 마이는 도로 앞에 잠깐 섰다. 바로 그 왼쪽 전신주 밑에 음습한 기운이 서려 있는 것만 같았다. 불쾌한 건 어쩔 수 없었다. '나를 지배하는 이런 감정이 생기지 않도록 나를 컨트롤해야 해. 마녀 수행이 바로 그런 거니까.' 마이는 자기 자신을 타일렀다.

자동차가 지나가자 그런 기분을 떨치려는 듯이 성큼성큼 도로를 건너 겐지 씨네 집 마당으로 들어섰다.

"안녕하세요?"

마이는 짐짓 커다란 목소리로 인사를 했다. 창고와 본채 사이의 통로에서 개들이 일제히 짖기 시작했다. 통로 입구에는 철제로 된 개집이 있고 그 안에는 몇 마리나 되는 개들이 엉키듯이 달라붙어 마이를 노려보고 있었다. 현관으로 들어서서 안을 들여다보니 찢어진 종이 문과 빛에 바래 거스러미가 일어난 다다미가 보이고, 그 건너편에서 남자 두 사람이 의아한 얼굴로 이쪽을 보고 있었다. 한 사람은 겐지 씨였다. 다른 한 사람은 겐지 씨와 많이 닮았는데 마이는 모르는 사람이었다.

"저, 이거······."

마이는 현관 입구에서 봉투를 내밀었다. 겐지 씨는 일어나 봉투를 받아 안을 들여다보고는 무언가 중얼거리듯이 말하며 고개를 끄덕였다. 잘 받았다는 의미인 모양이었다. 안쪽에서 다른 남자의 소리가 들렸다.

"누구네 집 아이야?"

겐지 씨는 봉투를 든 채 안으로 들어갔다.

"외국 사람네 손녀래. 학교도 안 가고 저러고 빈둥거리고 있어."

"그건 너하고 똑같구나."

두 사람의 거친 웃음소리가 들렸다. 마이는 분노와 이를 억제하려는 힘이 뒤섞여 뭐가 뭔지 모르게 혼란스러웠다. 어쨌든 돌아가려고 몸을 돌리자 마당 구석에 연갈색 털 뭉치가 보였다. 마이는 그 집에서 걸어 나올 때까지 그 뭉치에서 눈을 뗄 수 없었다.

좌우도 살피지 않고 도로를 뛰어갔다. 그때 차가 지나가지 않았던 것은 마이의 운이 좋았기 때문일 것이다. 할머니의 부엌으로 들어설 때쯤에서야 마이는 그 털 뭉치와 비슷한 것을 전에도 본 적이 있다는 것이 생각났다. 닭장의 철망에 붙어 있던 것과 똑같았다.

마이의 마음속에 차갑고 어두운 확신이 스쳐갔다.

"수고했다."

할머니는 행주를 널고 있었다.

"할머니, 저 집 개털이 지난번에 철망에 붙어 있던 털과 똑같아."

마이는 숨을 할딱거리며 빠르게 말했다.

"철망?"

할머니는 탁탁하고 행주를 두드리며 느릿하게 물었다.

"지난번 닭이 습격을 받았을 때 철망에 붙어 있던 연갈색……."

"족제비 털도 연갈색이야."

"아냐. 절대로 그 집 개가 맞아. 그 집 개가 밤에 빠져나와 우리 닭을 습격한 거야."

마이는 어깨로 숨을 쉬었다.

"그렇지만 네가 그걸 본 건 아니잖니."

"안 봐도 알아."

할머니는 한숨을 쉬었다.

"마이, 잠깐 이리 앉아 봐라."

마이가 식탁에 앉자 할머니도 맞은편에 앉았다.

"잘 들어. 이건 마녀 수행에서 가장 중요한 레슨 중 하나야. 마녀는 자신의 직관을 소중하게 여겨야 해. 그러나 그 직관에 사로잡히면 안 되는 거야. 그렇게 되면 지독한 편견, 망상이 그 사람을 지배하게 되는 거란다. 직관은 직관으로 가슴속에 담아 둬라. 언젠가 진실인지 아닌지 알 때가 올 거야. 그리고 그런 경험을 몇 번이고 하면서 진짜 직관의 느낌을 깨달아 가는 거야."

"그렇지만……."

"마이는 네가 생각하는 것이 진실이라고 생각하고 있구나."

마이가 고개를 끄덕였다.

"서투른 많은 마녀들이 그렇게 해서 자기가 만든 망상에 사로잡혀 자신의 능력을 망쳐 버리곤 한단다."

마이는 그 순간 할머니에게 맹렬한 적의를 느꼈다. 할머니를 향한 적의는 어둠 속에서 서슬이 퍼런 칼날처럼 번쩍였다.

할머니는 마이의 마음을 다 읽고 있기라도 하는 것처럼 마이의 손을 두 손으로 감쌌다.

"마이, 잘 들어 봐. 이건 굉장히 중요한 거야. 할머니는 마이가 하는 말이 사실이 아니라고 비난하는 게 아니야. 마이의 말이 맞을지도 몰라. 아닐지도 모르고. 그렇지만 중요한 것은 이제 와서 따져 봐야 소용없는 사실이 아니라, 지금 마이의 마음이 의혹과 증오에 의해 지배되고 있다는 거야."

"난……, 진상이 밝혀졌을 때, 내 마음속의 의혹과 증오에서 해방되는 거라고 생각해."

마이가 반박했다.

"그럴까? 난 새로운 원한과 증오가 쌓일 뿐이라고 생각하는데."

할머니는 마이의 손을 부드럽게 쓰다듬었다.

"그런 생각들이 사람을 피곤하게 한다고 생각하지 않니?"

마이는 어금니를 꽉 깨물었다. 그리고 갑자기 제정신이 든 것처럼 어깨를 축 늘어뜨렸다. 그리고 한숨을 쉬는듯 툭 하고 대답했다.

"그렇다고 생각해."

지독한 피로가 몰려왔다.

"마이 디어(My dear)."

할머니는 마이의 볼을 쓰다듬었다.

아빠가 왔다. 마이가 아빠와 만나는 것은 설날 이후 처음이었다. 부끄럽기도 하고 어색하기도 했지만 그보다도 아빠가 자기를 어떻게 생각하고 있을까 하는 불안이 더 컸다.

아빠의 차가 들어왔을 때 마이는 마침 앞마당에 있었다. 아빠는 마이를 보고는 반갑다는 듯이 차에서 내렸다.

"마이, 건강해 보이는구나."

마이는 손에 들고 있던 물뿌리개를 내려놓고 아빠에게 뛰어갔다.

"아빠, 휴가 내고 왔어?"

아빠는 키가 크고 말라 납작한 인상을 주는 몸을 뒤로 젖히며 기지개를 켰다.

"응. 겸사겸사. 마이 덕에 쉬어 볼까 하고."

"할머니는 부엌에 있어."

"그래? 어서 들어가자."

아빠는 마이의 어깨에 손을 얹고 걷기 시작했다. 마이는 아빠의 손이 무겁게 느껴져 먼저 걸어가는 척하며 살짝 아빠의 손에서 벗어났다.

할머니는 부엌에서 밀가루 반죽을 하고 있었다.

"아, 어서 오게. 피곤하지?"

"이곳은 여유가 있어 정말 좋아요. 마이 때문에 힘들진 않으세요?"

아빠가 할머니에게 인사했다. 할머니는 반죽하던 것을 젖은 헝겊으로 싸서 냉장고에 넣었다. 그러고는 손을 씻은 후 주전자에 물을 넣고 불을 켰다.

"난 마이 덕분에 매일 즐겁다네. 난 마이가 계속 여기서 살았으면 좋겠다니까."

할머니는 씩 웃으며 마이와 아빠의 얼굴을 번갈아 바라보았다.

마이는 할머니가 일부러 그런다는 걸 알고 있었기 때문에 아빠를 몰래 훔쳐보았다.

아빠는 웃고 있었지만 얼굴이 굳어 있었다.

"아빠, 그거 뭐야?"

마이는 아빠가 들고 있는 종이봉투를 가리키며 물었다.

"아 참. 깜빡 잊고 있었네. 엄마가 보낸 거다."

아빠는 봉투에서 초콜릿과 쿠키, 아기 양배추 등을 꺼냈다.

"이런, 이런."

할머니는 기쁜 듯이 받아 냉장고에 넣었다. 아기 양배추는 할머니가 제일 좋아하는 것이었다. 아빠가 이번에는 다른 커다란 서류 봉투를 꺼내 마이에게 건넸다.

"학교 과제물이다."

말하지 않아도 알고 있었다. 서류 봉투는 생각보다 훨씬 무거웠다.

"그리고 이건 진짜 선물."

아빠가 근무하고 있는 T시의 명물 과자를 꺼냈다. 세련된 모스 그린의 예쁜 포장지에 섬세하고 가느다란 금실이 묶여 있어 아주 고급스러워 보였다.

"예쁘구나. 뭐가 들어 있니?"

할머니가 차를 가지고 나왔다.

"과자예요. 겉보기에는 일본 과자처럼 생겼지만, 안에는 커스터드 크림이 들어 있어요."

"정말 맛있겠구나. 마이 어서 먹어 보자."

마이는 아빠가 할머니가 외국 사람이라 신경을 쓴 모양이지만 그건 할머니를 잘 모르기 때문일 거라고 생각했다. 이건 할머니의 취향이 아니었다. 할머니는 입에 맞지 않더라도 그 지역에 뿌리를 내리고 있는 토산품을 좋아하는 사람이었다.

과자는 커스터드 크림이 든 폭신폭신한 스폰지 케이크였다. 맛은 있었으나 마이에게는 너무 달고 부드럽기만 했다. 진한 향신료와 마른 과일이 듬뿍 든 할머니의 과자에 익숙해져서일까?

할머니는 엄숙한 얼굴로 과자가 신성한 무엇인가라도 되는 것처럼 묵묵히 맛을 음미하고 있었다.

마이는 긴장된 공기를 느꼈다.

갑자기 아빠가 심각한 어조로 말을 꺼냈다.

"엄마하고도 상의했는데 말이지, 우리 세 식구 모두 T시에 가서 살려고 생각하는데, 마이 너는 어떻게 생각해?"

이건 마이가 전혀 예상치 못했던 전개였다. 마이가 입을 열기도 전에 할머니가 아빠에게 물었다.

"그럼 마이 엄마는 일을 그만두는 건가?"

"예, 그래도 상관없다고 합니다."

"학교는?"

마이는 자기도 깜짝 놀랄 만큼 큰 소리로 물었다.

"전학을 가야겠지."

아빠가 진지한 얼굴로 대답했다.

마이는 아빠와 할머니가 자기의 반응을 살피느라 숨을 죽이고 있는 것을 느낄 수 있었다. 어떻게 반응해야 할지…….

단순히 생각하면 그렇게 싫어했던 학교에 가지 않아도 된다니 기뻐해야 할 일이다. 그러나 한편으로 이건 아니라는 생각이 들어 마음이 편치 않았다.

"지금 바로 결정해야 하는 거야?"

아빠는 마이가 기뻐할 거라고 생각했는지 조금 놀란 모습이었다.

"뭐? 응, 그렇구나. 아빠는 오늘 여기서 자고 내일 돌아갈 거니까 그때까지 마이의 생각을 들려줬으면 좋겠다."

"알았어."

마이가 고개를 끄덕였다.

"그건 그렇고, 모처럼 차를 가지고 왔으니까 아래 마을까지 드라이브라도 할까?"

아빠가 웃으며 마이에게 제안했다.

마이의 얼굴이 금세 환해졌다.

"정말? 할머니도?"

"물론이지."

할머니는 웃으며 가까이에 있는 펜과 메모지를 꺼냈다.

"고맙지만 난 할 일이 있으니까 둘이 다녀와. 그 대신이라고 하면 우습지만, 사다 줬으면 하는 게 있는데……. 오늘은 오랜만에 자네가 좋아하는 키슈를 만들려고 하거든."

마이와 아빠가 동시에 탄성을 질렀다.

"아까 반죽하던 게 그거였어요? 실은 속으로 계속 키슈였으면 좋겠다고 생각하고 있었거든요."

"직감이 뛰어나군. 그럼 양송이하고 파프리카, 계란하고 우유……. 아 참, 베이컨도……."

할머니는 생각나는 대로 적기 시작했다. 마이는 메모 용지를 받아 들고 바로 일어섰다.

"할머니, 그럼 다녀올게."

"응, 벌써?"

아빠가 당황하며 남은 차를 급히 마시고 일어났다.

"재미있게 보내고 오너라."

마이와 아빠는 할머니에게 손을 흔들고 차로 출발했다.

"마이, 햇빛에 까맣게 타서 정말 건강해 보이는구나."

아빠는 운전을 하며 기쁜 듯이 말했다.

"정말, 나 까맣게 탔어?"

"건강해 보여. 마치 하이디 같아."

"응?"

"있잖아. 도시에서 병에 걸린 하이디가 산으로 돌아와 건강해지는 이야기 말야."

"아, 그렇네."

정말 똑같네. 마이는 마음속으로 생각했다.

시내까지는 차로 삼십 분 정도 걸렸다. 드라이브하는 것도 오랜만이어서 마이는 창 밖으로 스쳐 지나가는 풍경들을 만끽했다. 갑자기 펼쳐지는 풍경과 파란 보리밭, 지저귀는 산새들, 나무 사이를 흐르는 강과 강을 따라 펼쳐진 논과 밭.

"T시에 가면 지금처럼 할머니 집에 자주 놀러 오지 못하겠지만……."

"신칸센을 타면 세 시간 정도?"

"그래. 그렇지만 여기는 역에서 멀리 떨어져 있어서 T시 역까지 가는 시간, 신칸센을 기다리는 시간, 역에서 할머니 집까지 가는 시간을 다 더하면 결국 한나절 걸려. 차로 가는 것과 크게 다르지 않을 거야."

"…… 그런가?"

마이는 그렇게 오랜 세월을 산 건 아니었지만, 눈앞에 펼쳐진 이 풍경들이 더할 나위 없이 소중하다는 것을 본능적으로 느낄 수 있었다.

언제까지나 이곳이 이대로 남아 있지는 않을 것이다. 논 저편에 일렬로 서서 바람에 흔들리는 삼나무나 그 건너편에 흐르는 작은 강, 푸른 산, 하얀 구름, 그리고 파란 하늘. 마이는 안타깝고 소중한 마음으로 그것들을 하나도 놓치지 않으려는 눈빛으로 바라보았다.

"할머니는 엄마가 일을 그만두는 거에 대찬성이야."

아빠는 확신하는 어조로 말했다.

"그걸 어떻게 알아?"

"할머니는 여자는 가정을 지켜야 한다고 생각하시거든. 엄마가 아빠와 결혼할 때도 할머니는 엄마가 일을 그만두는 것이 좋지 않겠느냐고 했지만, 엄마는 그만두지 않았어. 엄마는 할머니와는 다른 생각이었거든."

아빠는 당시 엄마가 할머니한테 눌려 있는 것 같다고 했다는 것은 말하지 않았다. 그러나 마이에게는 엄마가 할머니에게 반항했다는 것만으로도 충분히 놀라운 일이었다.

"할머니하고 엄마 사이가 좋아 보여서 그런 일이 있었을 거라고는 생각도 못했어."

"물론 사이가 좋지. 단 할머니가 너무 훌륭하다는 거야. 아빠도 할머니를 존경하고 있지만, 때때로 시대의 흐름을 모르고 있는 건 아닌가, 하는 생각이 든단다."

아빠에게는 컴퓨터나 서류 속에 쌓인 정보의 산, 자동으로 흘러 나오는 팩스의 강물이 느껴졌다. 건강한 소년이었을 마른 얼굴은 피로와 주름으로 희미하게 그늘져 있었다. 그렇지만 언제라도 현실을 직면할 수 있는 견고함이 있었다. 마이가 산 저편에 두고 온 것이었다.

"아빠가 부임지에서 혼자 산 지도 벌써 일 년이나 되잖니. 이대로는 안 되겠다고 생각하면서도 엄마에게 말을 꺼낼 수가 없었어. 그런데 이번에 마이 일로 터놓고 이야기할 수 있는 기회가 생긴 거야. 마이에게 감사하고 있어……. 이렇게 말하면 좀 이상한가?"

"이상해."

마이는 고개를 끄덕였다. 언덕의 비탈길을 내려가자 바로 신호가 보였다. 신호가 노란색이어서 아빠는 천천히 속도를 줄이면서 멈추었다. 엄마 차는 언제나 갑자기 멈추는 바람에 항상 몸이 앞으로 쏠리지만 아빠 차는 천천히 멈춘다.

마이는 심호흡을 하며 숨을 골랐다.

"저, 말야……."

"뭐?"

"기억해? 아주 오래전에 내가 사람이 죽으면 어떻게 되느냐고 물었던 거."

"그런 적이 있었던가? 내가 뭐라고 대답했지?"

마이는 어처구니가 없었다. 그러나 끈기 있게 설명했다.

"사람은 죽으면 그걸로 끝난다고 했잖아."

마이의 목소리가 낮게 원망하는 것처럼 들려 아빠는 자기도 모르게 웃음을 터트렸다.

"그렇다면 굉장히 오래전 이야기일거야. 그때는 그게 상식이었거든. 솔직히 말해서 지금은 잘 모르겠어. 사람들이 하도 여러 가지로 말하니까 말야. 그리고 요즘은 사람이 죽으면 그걸로 끝난다고 생각하는 사람은 그다지 인기가 없는 것 같거든."

신호가 파랑으로 바뀌었다. 아빠는 멈추었을 때와 마찬가지로 천천히 엑셀을 밟아 차를 출발시켰다.

"인기가 없다……."

마이는 멍하니 중얼거렸다.

할머니의 키슈는 정말 훌륭했다. 아빠는 드라이브하면서 사 온 맥주를 마시고는 꾸벅꾸벅 졸고 있었다. 할머니는 마이에게 아빠를 마이의 다락방으로 안내하라고 했다.

"시트를 가지고 가서 이불을 깔아 주렴. 마이는 할머니 방에서 같이 자기로 하고."

마이는 고개를 끄덕이고 일어나 아빠를 재촉했다.

"아빠, 올라가."

"죄송합니다. 요즘 통 잠을 못 자서요."

"수고가 많네. 푹 쉬게나."

"고맙습니다. 그럼 안녕히 주무세요."

"잘 자게."

마이는 복도 중간에 있는 붙박이장을 열고 그 안에서 시트를 두 장 꺼냈다.

"이런 곳에 장롱이 있는 줄 몰랐네. 굉장하구나. 목욕 타월이랑 시트가 전부 가지런히 개어져 있네. 마이도 할 수 있니?"

"그럼! 개는 것도 기술이 필요해. 쌓아 놓았을 때 예쁘게 보여야 하거든."

마이는 조금 뿌듯했다.

"대단하구나, 우리 마이."

아빠는 마이의 머리를 가볍게 쓰다듬었다. 아빠는 마이의 다락방 앞에서 잠깐 멈추더니 할아버지 방문에 손을 뻗쳤다.

"아빠는 할아버지를 참 좋아했단다. 엄마는 돌에 별로 관심이 없잖니. 내가 엄마하고 결혼하게 되자 할아버지는 아빠를 만날 때마다 돌에 대해 가르쳐 주셨어. 마치 친아들처럼 말야. 할아버지는 돌 이야기만 나오면 아이처럼 눈을 반짝이며 열중하셨지. 같이 산에 올라가면 갑자기 멈춰 서서 돌을 주워 들고 뚫어지게 쳐다보기도 하고 갑자기 입안에 넣고 오물거리기도 하고……."

"먹었어?"

"아니, 그렇게 돌을 감정하는 거야."

"……"

"아빠는 정말 할아버지를 좋아했었어."

아빠는 고개를 숙이고 중얼거리듯이 말했다.

그러고는 고개를 들고 마이의 다락방에 들어가 마이가 재빠르게 이불 까는 모습을 눈을 동그랗게 뜨고 지켜보았다.

"정말 놀라운데? 바로 얼마 전까지만 해도 아기였는데 이런 것도 할 줄 알고. 할머니에게 수업료라도 내야겠구나."

마이는 마지막으로 침대의 모서리를 팡팡 두드렸다.

"자, 다 됐어. 그럼, 아빠 안녕. 오늘 고마워."

"나야말로 즐거웠다. 고맙구나, 마이. 잘 자."

마이는 어엿한 주부가 된 것 같은 기분으로 의기양양하게 부엌으로 돌아왔다. 부엌에서는 할머니가 남은 키슈를 싸면서 식탁을 정리하고 있었다.

"이건 내일 엄마한테 보내기로 하자."

"정말? 엄마도 무지 좋아할 거야."

마이는 팔을 걷어 붙이고 개수대에 쌓인 그릇을 씻기 시작했다. 할머니는 바로 옆에서 마이가 씻은 그릇을 마른 행주로 닦았다.

"할머니는 내가 전학 가는 거에 대해 어떻게 생각해?"

"기본적으로는 가족이 모두 함께 사는 것이 좋겠지만……."

"아빠 말야, 자기가 한 말을 기억도 못하고 있었어. 지난번에 말한 죽으면 다 끝난다는……."

"호호호, 그래서 마이가 화를 냈니?"

"화도 안 나. 요즘에 죽으면 다 끝난다고 말하면 말야, 인기가 없대. 그래서 지금은 잘 모르겠다나?"

할머니가 배를 쥐고 웃었다. 마이도 덩달아 웃음을 터트렸다.

"너무하지? 너무 무책임하잖아. 아버지로서의 자각이 없다니까."

"마이, 아빠는 그 당시의 자신에게 정직한 거란다. 또 마이를 한 인격체로서 대등하고 성실하게 대한 거고."

할머니가 타이르듯이 말했지만 너무 웃어 눈가에 눈물이 그렁그렁한 모습으로는 별로 효과가 없었다.

"나쁜 사람은 아니지. 그런데 상상력이 부족하다니까. 아빠라는 사람이 그렇게 말하면 아직 어린 딸이 어떻게 생각할지……."

"그렇긴 하다. 하지만 세상에는 마이 아빠보다도 상상력이 없는 사람들이 훨씬 더 많단다."

"알고 있어."

마이는 짧게 말하고는 설거지통의 물을 버렸다. 할머니는 마지막 그릇을 닦고는 행주를 빨아 널었다.

"나머지는 할머니가 할 테니까 마이는 잘 준비를 하려무나."

마이는 이를 닦고 파자마로 갈아입고는 이불 속으로 들어갔다. 할머니도 바로 와서 불을 끄고 마이 옆 이불로 들어갔다.

"할머니 빠르네."

"마이가 도와줘서 할 게 없었거든."

"할머니."

"응?"

"아빠는 왜 내가 학교에 안 가는 이유를 안 묻지?"

"엄마는 물었니?"

"아니. 그러고 보니 할머니도 안 물어보네."

"모두 마이를 믿고 있기 때문일 거야. 마이가 안 간다고 했을 때에는 그럴 만한 이유가 있을 거라고 생각하는 거지."

마이는 이불을 턱밑에까지 끌어당겼다.

"여자들의 우정이란 독특해."

마이는 조그맣게 말하고는 한숨을 쉬었다.

"새 학기가 시작되면 순식간에 몇 개의 그룹이 생겨. 그리고 쉬는 시간에 화장실을 같이 가기도 하고, 좋아하는 스타 이야기를 모여서 하는 거야."

"힘들겠다."

"그 흐름에 익숙해지면 힘들지 않아. 처음에 마음이 맞을 것 같은 친구들 사이에 들어갈 때까지는 신경을 써야 하지만. 작년까지는 나도 나름대로 적응을 잘했어. 그런데 올해는 그런 게 싫어졌어."

"그룹에 들어가는 게?"

"응. 그룹이 생길 때마다 생기는 심리적 보상 같은 거. 들어가고 싶은 그룹 아이와 시선이 마주치면 방긋 웃는다거나, 관심도 없는 화제에 열심히 맞장구를 친다거나, 가고 싶지도 않은 화장실에 간다거나. 그런 것들이 비겁해 보였거든."

"무슨 말인지 알겠다."

"그래서 올해는 그런 노력을 전혀 하지 않았어. 그랬더니 작년까지만 해도 사이가 좋았던 친구들이 다른 그룹에 들어가 버리고 결국 외톨이가 된 거야."

"다른 그룹에 들어간 아이는 마이하고 사이가 좋으면 안 되는 거니?"

"안 돼."

마이는 할머니 쪽으로 몸을 돌렸다. 스테레오 사용법을 가르치고 있는 듯한 기분이었다.

"그 아이가 나하고 이야기를 하고 싶어도 그 그룹 아이가 부르면 바로 그쪽으로 가야 하거든. 말하자면 어느 쪽을 중시하느냐 하는 충성심이 문제가 되는 거지."

"어렵구나."

"꽤 어려워. 그렇지만 난 그 애를 원망하지는 않아. 그럴 수밖에 없는걸 뭐."

마이는 담담하게 남의 일처럼 말했다.

"그런 그룹끼리 교류는 없니?"

"적대하는 경우도 있고 사이가 좋은 경우도 있는데, 우리 반은 이상하게 전부 사이좋게 지내려고 하는 것 같아."

"그런 일도 가능하니?"

"응, 간단해. 모두가 한 사람을 적으로 삼으면 되니까."

"……."

그것만으로 충분했다.

할머니는 깊게 한숨을 쉬었다. 마이는 잠시 말을 멈추고 애써 무심해지려고 했다. 울지 않은 것만으로도 성공이었다.

"그래서 말인데, 내일까지 아빠한테 전학 가는 것에 대해 이야기하기로 했잖아. 생각해 봤는데……."

"마녀는 스스로 결정하는 거야. 알고 있지?"

"응, 알고 있어. 그렇지만 일단 들어 봐."

"알았다, 알았어."

"설사 전학을 가게 되어 그 반을 벗어난다고 해도 가장 근본적인 문제는 해결되지 않아. 그래서 솔직히 기쁘지가 않아. 도망가는 것 같아서 뒤가 켕겨."

"근본적인 문제를 해결하다니 마이 같은 신참 마녀에게는 무리야. 게다가 이번 경우의 근본적인 문제는 반 전체의 불안이니까. 반 아이들 하나하나 모두가 다 불안한 거야."

"그렇지만 나한테도 문제가 있다고 생각해."

미이는 기특하게도 단호하게 말했다.

"내가 약했던 거야. 혼자 버틸 수 있을 만큼 강해지든가, 집단에서 생활하는 편안함을 선택하든가……."

"그때그때 정하면 되지. 자기가 편안하게 생활할 수 있는 곳을 원한다고 해서 죄책감을 느낄 필요는 없어. 선인장은 물속에서 살 필요가 없고, 연꽃은 땅 위에서 피지 않아. 북극곰이 하와이가 아닌 북극에서 살기로 했다고 해서 북극곰에게 뭐라고 할 수는 없는 것처럼."

꽤 설득력이 있었다. 그러나 마이도 지지 않았다. 마이는 더 이상 할머니를 어려워하지 않았다.

"할머니는 언제나 스스로 결정하라고 하지만, 나는 왠지 할머니가 유도하는 방향으로 끌려가고 있는 것만 같아."

할머니는 눈을 크게 뜨고 허공을 보며 시치미를 뗐다.

다음 날, 아빠가 일어난 것은 마이와 할머니가 점심을 다 먹고 난 후였다. 파자마 차림으로 멍하니 내려오는 아빠를 보고 할머니는 마이하고 똑같다고 말하며 웃었다. 마이는 조금 샐쭉한 표정을 지었다. 아빠는 무안한 듯이 웃으며 식탁에 앉았다.

"정말 푹 잤어요. 마이, 고맙다."

마이는 바로 아빠의 식사 준비를 했다. 할머니와 아빠는 얼굴을 마주 보며 웃었다.

"그래서 마이는 어떻게 하기로 했니?"

아빠는 차를 마시며 마이에게 물었다. 이번에는 마이가 할머니와 얼굴을 마주 보았다.

"엄마하고 같이 아빠가 있는 곳으로 갈게."

아빠의 눈이 빛났다.

"그래? 잘했다."

마이는 아빠의 기뻐하는 얼굴을 보며 스스로 잘했다고 생각했다. 새로운 학교가 마이에게는 '북극'일지 모르지만 도전해 볼 가치는 있었다. 마이는 학교를 신참 마녀의 비밀스러운 마녀 수행 장소로 둔갑시키기로 마음먹었다.

"전학 수속도 밟아야 하니 될 수 있으면 서두르는 게 좋아."

"아빠, 나 학교를 한번 보고 싶은데……, 학교는 내가 고르고 싶거든."

"와, 새로운 생활에 대한 긍정적인 태도가 훌륭하구나. 좋아, 좋아."

아빠는 정말 기분이 좋은 것 같았다.

할머니는 그동안 밭에서 따 온 야채를 상자에 담기도 하고 허브를 싸기도 하며 바쁘게 움직이고 있었다.

그리고 전에 마이와 함께 만든 잼과 어제 만든 키슈를 깨끗한 상자에 넣으면서,

"이 잼은 마이가 만든 거야."

하고 자랑스럽게 말했다. 아빠는 감탄했다.

"우리 마이는 정말 '하이디'가 되었구나."

그러나 아빠는 '할머니가 바라는 대로' 라는 말은 꾹 삼켰다.

미래에 대한 밝은 희망으로 한껏 부풀어 아빠는 엄마가 있는 집으로 돌아갔다. 마이와 할머니는 마당에 나와 아빠를 배웅했다.

저녁이 되자 벌레들이 갑자기 바쁘게 움직였다.

개미는 행렬을 만들어 대 이동을 하고 있었고, 조그만 파리 떼와 벌 떼도 쉴 새 없이 붕붕거렸다.

서쪽에서 짙은 회색 구름이 몰려왔다.

"비가 올 것 같구나."

할머니가 중얼거렸다.

다음 날 아침에 눈을 떴을 때 할머니의 말대로 비가 오고 있

었다. 새벽녘에 꿈결에서 빗소리를 들었다. 창 밖을 내다보니 초목들이 고개를 숙이고 부드러운 비를 맞고 있었다.

마이의 주변이 갑자기 바빠졌다. 이삼 일 내로 할머니 집을 떠나 집으로 돌아가 이사 갈 준비를 해야 했다. 엄마가 자주 전화를 했다.

T시로 가면 이곳에도 자주 올 수 없을 것이다. 마이도 할머니도 입 밖으로는 내지 않았지만 그 사실을 너무도 잘 알고 있었다.

마이는 비가 그치자 그 '장소'에 갔다. 그리고 언제나처럼 나무 등치에 앉아 외계로부터 격리된 공간을 확인했다. 그때 앞의 대숲 주변에서 부자연스러운 움직임이 보였다. 새가 있는 걸까? 마이가 눈을 크게 뜨고 응시하고 있는데, 괭이를 든 겐지 씨가 나타났다.

마이는 가슴이 철렁 내려앉았다. 심장 박동이 갑자기 빨라졌다. 겐지 씨는 아직 마이를 못 본 것 같았다. 괭이로 대숲 경계가 되는 부분을 열심히 파고 있었다. 뭘 하고 있는 걸까? 저건……, 내 땅을 침범하여 자기 땅으로 만들고 있는 거잖아. 그걸 깨달은 순간 머리털이 곤두설 정도로 소름이 돋았다. 마이는 저도 모르게 벌떡 일어섰다. 그제야 마이가 있었다는 것을 알아챈 겐지 씨와 눈이 마주쳤다. 순간 겐지 씨는 겸연쩍은 얼굴을 했지만, 바로 씩 웃었다. 그리고 마이의 불타는 증오를 느꼈는지, 겐지 씨답지 않게 변명을 했다.

"죽순을 캐고 있었다."

마이는 눈에 힘을 주어 노려보고는 아무 말도 하지 않고 뒤돌아 뛰어 내려갔다.

"할머니!"

새파랗게 질린 마이를 보고 밭에 있던 할머니가 급히 걸어나왔다.

"무슨 일이니?"

할머니는 마이를 식탁 의자에 앉히고 천천히 이야기를 들었다. 그러고는 아직도 숨을 할딱거리는 마이의 등을 쓰다듬었다.

"마녀 수행을 잊었니?"

마이는 앗, 하고 소리를 질렀다. 뭔가를 꿀꺽 삼키는 기분이었다.

"그렇게 동요하면 안 되지. 마치 누군가에게 살해당할 뻔했다는 얼굴이구나."

정말 살해당하는 기분이었다. 그렇게 비겁하고 천박한 인간에게 자신의 성역을 침략 당한 기분이었다.

"할머니가 아무리 뭐라고 해도 그 사람이 싫은 것은 어쩔 수가 없어."

마이는 그것만은 한 발자국도 양보할 수 없었다.

"겐지 씨가 죽순을 캐고 있었다고 했잖아. 그럼 된 거지."

"그 말이 사실일 리가 없잖아."

할머니는 왜 그걸 모를까? 할머니는 왜 그런 비겁하고 야비한 인간을 상대하는 걸까? 그 남자에 대한 이야기가 나오면 할머니는 마이를 마치 모르는 타인처럼 멀리한다. 마이는 안타깝고 서운해서 울고 싶었지만, 간신히 참으며 말했다.

"그건 범죄야."

할머니는 말이 없었다.

"그런 일을 가만 두면 그 땅 전부 빼앗기고 말 거야."

할머니는 마이를 보고 미소를 지었다.

"녹나무가 있지? 그리고 밤나무랑 여러 가지 나무가 있잖아. 거기까지는 오지 않아. 설사 겐지 씨가 마이 말대로 나쁜 짓을 하려고 한다 해도 말야."

할머니는 반박하려는 마이를 무시하고 말을 이었다.

"그리고 마이도 겐지 씨에게 실례를 범한 거야. 인사도 안 하고 그냥 왔잖아. 겐지 씨도 많이 상처받았을 거야."

마이는 입술을 깨물었다. 그럼 그 사람이 나한테 한 짓은 뭐야? 할머니는 아무것도 몰라. 그 사람이 할머니에 대해 뭐라고 떠들고 다니는지도. 그렇지만 그런 말은 할머니에게 할 수 없어. 난 그런 말을 할 수 없어…….

"난 할머니처럼 동요하지 않고 아무렇지도 않은 척할 수는 없어. 난 그 사람이 싫어. 그런 더러운 놈. 죽어 버렸으면 좋겠어."

"마이!"

할머니는 짧게 외치고 마이의 뺨을 때렸다. 한순간에 일어난 일이었다. 마이는 어안이 벙벙했다. 그리고 다음 순간 눈물이 솟구쳤다.

"할머니는 나보다 그 남자가 더 소중한 거야."

목소리를 쥐어짜 겨우 그 말을 내뱉고는 우당탕탕 다락방으로 뛰어 들어가 침대에 몸을 던지고 머리끝까지 이불을 뒤집어썼다.

할머니는 너무해. 나에게 이런 굴욕을 주다니, 그것도 그런 남자를 감싸기 위해서. 할머니 너무해. 이런 야만인인 줄 몰랐어. 전부 그 남자 탓이야. 그 남자만 없었어도 할머니하고 잘 지낼 수 있었는데, 그런 남자는 살 가치가 없어. 정말 분해…….

마이는 울다 지쳐 그대로 잠이 들었다.

한밤중에 소리가 나서 눈을 떴다. 할머니가 살짝 문을 여는 소리였다. 마이는 좀 어색했지만 깨어 있다는 걸 알리기 위해 할머니에게 말을 걸었다.

"지금 몇 시야?"

조용한 방에 그 소리가 거칠게 울렸다. 할머니는 속삭이는 소리로 대답했다.

"11시야. 배고프지? 밑에 내려가서 뭐 좀 먹지 않을래?"

하필이면 그때 배에서 꼬르륵거리는 소리가 났다. 기묘할 정도로 길게. 할머니가 웃음을 터트렸다. 마이도 웃음이 터지려고 했지만 얼굴을 찡그렸다. 내려갈 수밖에 없었다.

토마토 수프와 바나나, 사과에 요구르트를 얹은 샐러드가 식탁 위에 놓여 있었다. 할머니는 재빨리 수프를 데우고 토스트를 구웠다. 마이는 뾰로통한 얼굴로 아무 말도 하지 않았다. 할머니는 마치 마이가 감기에라도 걸린 것처럼 부드럽게 대했다. 마이는 '이런 걸로 속지 않아.' 하는 굳은 생각과 '전처럼 따뜻한 생활을 하고 싶어.'라는 생각 사이에서 갈팡질팡했다.

다 먹고 방으로 가려는 마이에게 할머니가 등 뒤에서 말을 걸었다.

"잘 자라. 스위티."

마이는 뒤를 돌아보며 큰맘 먹고 말했다. 멀리 떨어진 보트에 필사적으로 로프를 던지는 심정으로.

"그렇지만 할머니도 내 말에 동요했잖아."

할머니는 씩 웃으며 한쪽 눈을 찡긋했다.

"그럴 때도 있단다."

다음 날도 비가 내렸다. 온 세상이 조용했다. 방 안에 있는데도 부엽토에 스며드는 빗소리가 들리는 것만 같았다. 그 비는 마이의 마음속에도 스며들어 마이는 상처받은 짐승처럼 웅크리고 있었다.

조금씩 비가 잦아들다 그쳤다. 하지만 금방이라도 다시 비가 쏟아질 것만 같은 하늘이었다. 마이는 할머니에게 말을 하고 뒷산으로 올라갔다. 내일이면 여기를 떠나야 한다.

부엽토는 잔뜩 물기를 머금고 있어서 한 걸음 한 걸음 미끄러지지 않도록 조심하지 않으면 안 되었다. 그렇게 힘들게 그 '장소'의 입구까지 왔는데도 들어가기가 망설여졌다.

길 안쪽의 삼나무 숲 쪽에서 물안개가 천천히 밀려왔다. 마이는 이유도 없이 그쪽으로 걸어갔다. 건너편에는 여기보다 밝고

안정된 슬픔의 세계가 펼쳐져 있을 것만 같았다.

마이는 왠지 진한 슬픔에 잠기고 싶었다. 침엽수림 안을 걸었다. 숲 건너편에 연못이 있었다. 안개는 그 연못에서 피어오르고 있었다. 날씨가 좋을 때와는 전혀 다른 왠지 신비로운 풀잎이 조그만 녹색 물방울이 되어 마이의 땀구멍과 코로 스며들었다.

마이는 어렴풋이 언젠가 이곳에 왔던 적이 있다는 생각을 했다.

갑자기 주위가 밝아지더니 희미하게 햇빛이 비쳤다. 동시에 뭔가 굉장히 달콤한 향기가 나서 마이는 그쪽을 바라보았다.

연못 건너편 산의 사면에 2~30센티미터는 되어 보이는 커다란 하얀 꽃이 송이송이 초롱을 걸어 놓은 것처럼 매달려 있는 것이 눈에 들어왔다. 꽃은 태산목을 두 배로 튀겨 놓은 것 같기도 하고 연꽃 같기도 했다.

그래. 저건 하늘에 피는 연꽃이야. 할머니는 연꽃이 땅 위에서는 피지 않는다고 했지만, 안개 속에 꿈결처럼 피어 있잖아. 마이는 그 모든 것에 매혹되어 움직일 수가 없었다. 할머니가 말한 대로 인간에게 영혼이 있다면 영혼이 되어 저 꽃 주변을 둥실둥실 떠돌고 싶어.

꽃에 끌리는 마음이 너무 강해지자 마이는 갑자기 무서워졌다. 할머니가 말한 '마음속에서 듣고 싶어 하지 않는 소리'가 들려오는 것만 같았다. 발길을 돌려 떠나려고 하다가 그만 발이 미끄러졌다. 그 바람에 커다란 구멍 속에 빠져 버리고 말았다. 다치지는 않았지만 진흙투성이가 되었다. 일어나려고 하다가 마이는 앗, 하고 눈을 동그랗게 떴다.

구멍 옆은 깊은 동굴처럼 파여 있었고 그 일대에 아름다운 은빛 꽃이 피어 있었다. 어두운 숲의 가장 어두운 곳, 햇빛조차 거의 들지 않는 장소였다. 그 식물은 20센티미터 정도의 잎이 없는 은백색의 비늘로 덮인 줄기 끝에 은세공을 한 듯한 조그만 난처럼 생긴 꽃을 피우고 있었다. 그 조그만 꽃들이 마치 버섯처럼 땅 전체를 덮고 있는 모습이 정말 신비로웠다.

마이는 잠시 넋을 잃고 보고 있다가 나무 사이로 비가 후드득거리는 소리를 듣고 일어났다. 무릎이 아팠다. 마이는 신비하고 아름다운 꽃을 한 송이 꺾어 들고 구멍에서 나왔다.

부엌 뒤뜰에서 우산을 들고 나오는 할머니와 만났다. 비가 내리기 시작해서 마이를 마중하러 나오는 모양이었다. 할머니는 흙투성이의 마이를 보고 뛰어왔다.

"어떻게 된 거니? 이렇게 흙투성이가 되어서. 어디 다친 데는 없니?"

"나 여태 본 적도 없는 신기한 꽃을 발견했어. 어쩌면 새로운 품종일지도 몰라."

마이는 지나치게 흥분하여 쇳소리가 나지 않도록 조심하며 천천히 말했다. 아직 할머니와 완전히 화해한 건 아니니까. 이런 거 정말 괴로운 거구나. 할머니는 순간 영문을 알 수 없다는 표정을 지었으나 곧바로 반갑다는 듯이 꽃을 받아 들었다.

"이건 은룡초(엽록소가 없어 조그만 동물의 주검 뒤에 피는 반투명한 순백의 꽃/ 옮긴이)야. 할머니도 올해 처음 보는 거다. 마이 너 그 구멍에 빠졌었구나? 자, 안으로 들어가서 옷을 갈아입자."

마이는 새로운 품종의 발견이 아니라는 사실에 조금 실망하며 샤워를 하고 옷을 갈아입었다. 부엌으로 들어가자 은룡초가 화병에 담겨 할아버지 사진 앞에 놓여 있었다. 할머니는 마이에게 뜨거운 홍차를 타 주었다.

"이건 할아버지가 가장 좋아하는 꽃이란다. 할아버지는 이 꽃을 광물의 요정이라고 불렀지. 그래서 해마다 이맘때면 이렇게 사진 앞에 꽂아 두곤 한단다. 마이가 어렸을 때 같이 따러 간 적도 있어. 그런데 올해는."

할머니는 할아버지에게 말을 거는 것처럼 속삭였다.

"마이가 혼자 따 왔어요."

마이는 홍차를 마시며 듣고 있었다.

"해마다 요맘때쯤 피는 거야?"

"그래. 비가 많이 내려서 땅이 촉촉해지면 피어나는 거야. 이 꽃은 태양이 필요하지 않으니까."

"그리고 연못 저편에 커다란 하얀 꽃이 잔뜩 피어 있는 나무가 있었어."

"아, 그건 박나무란다. 그 꽃은 햇빛을 받아야 꽃이 활짝 핀단다. 오래된 꽃은 열린 채로 있지만 해가 지면 닫히고 해가 뜨면 열리는 꽃이야. 박나무에 꽃이 피면 그 향기로 알 수 있어."

"달콤한 냄새가 났어."

"그렇지? 뭔가 빠져들 것만 같은 냄새지?"

마이는 은룡초를 바라보았다. 광물의 요정. 빛이 없는 지하 세계의 아름다움. 마이는 은룡초가 마치 할아버지가 주신 선물처럼 느껴져서 할아버지가 바로 옆에 있는 것만 같았다. 신비한 존재감. 마이, 할머니, 그리고 또 다른 누군가가 조용히 차를 마시는 것만 같은 기분이 그날 내내 식탁 주변에서 떠나지 않았다.

마이가 할머니 집을 떠나던 날은 어제까지와는 전혀 다른 맑고 청명한 날씨였다. 마이를 데리러 온 엄마는 마이가 힘이 없다는 것을 눈치챘지만, 할머니와 헤어지게 되어 그러는가 보다고 생각했다. 할머니는 엄마에게 정말 일을 그만두느냐고 물었다. 엄마는 마이가 일광욕실에 있는 것을 확인했다.

"마이 아빠와 상의한 결론이야. 가족이 따로 떨어져 있고, 내가 일 때문에 바쁜 것이 마이에게 상당히 부담이 된 게 아닌가 싶어서. 그래서 우선 내가 일을 그만두고 T시로 가는 것이 가장 좋겠다는 생각이 들어."

"잘 했다."

"내게 무엇이 가장 소중한지 우선순위를 생각해 보았거든."

할머니는 씩 웃었다.

"생각하지 않으면 모르니?"

그 웃음이 엄마의 신경에 거슬렸다.

"분명히 말해 두지만, 일을 완전히 포기한 건 아니야. 난 엄마처럼 살 수 없어. 난 내 인생이 있으니까. 나나 마이에게 엄마의 방식을 강요하지 마."

할머니는 쓸쓸하게 웃었다.

"그래. 난 올드 패션일지도 모르지."

물론 마이에게도 엄마와 할머니의 이야기가 들렸다. 마이는 아기 물망초에게 마지막으로 물을 주었다. 할머니의 말투가 너무 쓸쓸하게 들려 마음이 아팠다. 엄마도 역시 마음이 아픈 모양이었다.

"왜 그래? 엄마답지 않게."

"뭐가 나다운 건데?"

"언제나 자신에 차 있잖아."

마이는 정말 그렇다고 생각했다. 할머니는 언제나 자신이 할 일을 알고 있었다. 마당의 초목처럼 확신에 찬 하루하루를 보내고 있었다. 거기에 비하면 마이는 언제나 불안하고 자신이 하는 일에 자신이 없었다.

잠시 후에 모두 이곳에 처음 왔던 날처럼 샌드위치를 만들어 먹었다. 엄마는 마이가 금련화 잎을 빼지 않고 먹는 걸 눈치챘지만 아무 말도 하지 않았다.

차에 타고 마지막으로 할머니에게 작별 인사를 할 때에는 울고 싶었다. 할머니와 헤어지는 게 슬퍼서라기보다는 마이의 마음속에 남아 있는 앙금이 괴로웠다. 할머니는 걱정스럽고 슬픈 얼굴로 마이를 쳐다보았다. 마이는 알고 있었다. 할머니는 마이가 말해 주기를 기다리고 있었다. 그 사건이 있기 전처럼 '할머니가 정말 좋아.'라고. 하지만 마이는 입을 뗄 수가 없었다.

차가 출발하여 문을 지나 조그만 길을 돌아 보이지 않게 될

때까지도 마이는 할머니의 호소하는 듯한 눈길을 느꼈다.

그로부터 이 년이 흘렀다. 마이는 날마다 학교에 다니고 있었다.

새로운 학교에도 몇 개의 그룹이 나뉘어져 있었지만 지난번 학교만큼 철저하지는 않았다. 그리고 마이에게는 '쇼코'라고 하는 새로운 친구가 생겼다.

독특한 센스와 가치관을 가지고 있는 쇼코는 같이 있는 것만으로 즐거웠다. 직설적으로 말하는 버릇이 있었지만 악의는 없었고, 대개는 맞는 말이었다. 그렇지만 반에서 따돌림을 당하고 있었다.

쇼코에게는 집단이 필요하지 않았다. 쇼코는 언제나 똑바로 서서 정면을 응시했다. 쇼코가 손톱을 자르면 자른 손톱까지도 쇼코가 될 수밖에 없는 건 아닌가 할 정도로 심지가 곧은 아이였다.

마이는 전학을 가자마자 일어난 어떤 사건 때문에 쇼코하고 친해졌다. 그때부터 무엇을 해도 두 사람은 함께였다.

마녀 수행을 잊은 건 아니었다. 마이는 스스로 정한 일은 무슨 일이 있어도 묵묵하게 마지막까지 노력했다. 그렇게 노력함으로 써 할머니와 연결된 끈이 끊어지지 않도록 했는지도 몰랐다.

할머니를 생각하면 언제나 마음이 아팠다. 그때 겐지 씨에 대해 그렇게 심한 말을 한 것은 마이 자신조차도 감당할 수 없었던 감정의 유출('유출'이라는 말은 최근 책을 보고 알았다. 그러나 실생활에서는 사용한 적이 없어서 아직은 마이 말이라는 기분이 들지 않는다.)이었다는 생각이 들었다. 후회도 반성도 지금은 하고 싶지 않았다.

그러나 할머니가 마이에게 그렇게 난폭하게 굴었던 것 역시 할머니의 유출이 아니었을까? 할머니도 마녀이기 이전에 인간이었다. 마이는 할머니와 헤어지고 나서야 그런 생각을 할 수 있게 되었다.

할머니를 용서하고 싶지 않다는 어리광이 가슴속에 남아 있었지만, 그런 상태를 유지하는 데에는 많은 에너지가 필요했다. 마이는 힘들었다. 더구나……, 내가 헤어질 때 할머니에게 한 짓은 너무했다. 그런 식으로 할머니를 홀로 남겨 두고 떠나온 것은 잔혹한 일이었다.

거기까지 생각하자 마음이 무거워졌다. 마이가 당한 일보다도 마이가 한 일이 훨씬 더 용서를 구할 일처럼 생각되어 이번에 할머니를 만나면 다 털어놓고 이야기해야지, 하고 결심했다.

'솔직하게 자기 감정을 이야기하고 할머니에게 맡기는 거야. 그러면 할머니는 씩 웃으며 내가 안심하고 잠들 수 있도록 여러 가지 이야기를 해 줄 거야.'

마이는 언제나 그렇게 믿었다. 처음 만났을 때는 이런 이야기를 꺼내기 어려울 테지만…….

그때까지는 할머니가 가르쳐 준 것을 실천하려고 애썼다. 할머니를 다시 만났을 때 조금이라도 기쁘게 해 주려고. 마이는 모든 일에 끈기를 가지고 도전했다.

마이는 생각지도 못한 일이었지만 그런 태도가 쇼코에게 존경심과 경외심을 품게 했다. 쇼코는 쉽게 포기하는 형이었다.

그 후 할머니 집에는 결국 한 번도 가지 못했다. 마이의 학교생활이 궤도에 오르자 엄마는 다시 일을 시작했고, 아빠도 여전히 바빴으며 마이도 마이 나름대로 일정이 가득차 있었기 때문이다.

할머니 집으로 가는 도중, 마이는 이 년 전의 그때를 생각해 보았다. 그렇게 좋아했던 그 '장소'를. 그리고 자신이 이 년 동안 거의 그 '장소'에 대해 생각조차 하지 않았다는 것을. 소중한 것은 변하지 않는 건데, '장소'는 마이에게 거의 신전이나 마찬가지였는데, 그런데 어떻게 그렇게 새까맣게 잊어버릴 수 있었을까? 마이는 죄책감마저 들었다.

차가 할머니 집 마당에 들어서자 처음 보는 차가 주차해 있었다. 마이와 엄마는 급히 차에서 내려 바로 현관으로 들어갔다. 안에서 겐지 씨가 나왔다. 마이는 복잡한 심정으로 오랜만에 겐지 씨를 바라보았다.

"엄마는?"

엄마가 인사도 하지 않고 사무적으로 물었다. 겐지 씨는 말없이 안쪽의 할머니 방을 가리켰다. 엄마는 아무 말도 하지 않고 그쪽으로 뛰어갔다.

겐지 씨는 마이를 보고 희미하게 고개를 끄덕였다. 마이도 어색하게 목례를 하고 엄마 뒤를 쫓았다.

할머니는 이불을 덮고 누워 있었고 하얀 천이 얼굴에 씌워져 있었다. 마이는 찬물을 뒤집어쓴 것 같은 충격을 받았다.

"할머니도 이런 거 써야 해?"

그 말이 끝나기가 무섭게 엄마가 소름이 돋을 정도로 차갑게 말했다.

"우리 집은 이런 거 안 씌워."

그러고는 하얀 천을 걷었다. 늙고 마른 할머니의 얼굴이 나왔다. 이 년 사이에 어떻게 이렇게도 많이 늙을 수 있을까?

"이 사람은 이런 식으로 죽었다."

엄마는 억양 없이 낮게 중얼거렸다.

마이는 엄마가 마치 버려진 아이 같다는 생각이 들었다.

"마이, 미안하지만 식당으로 가 줄래?"

마이는 말없이 식당으로 갔다. 할머니가 죽었다는 슬픔보다는 너무 늦었다는 무서운 후회가 검은 콜타르처럼 마이의 마음을 뒤덮기 시작했다. 칼로 베어낸 듯한 가슴의 깊은 상처가 터져 마이의 모든 존재가 그 아픔으로 오그라드는 것만 같았다. 마이는 두 번 다시 어제와 같은 아침을 맞이하지 못할 것만 같았다.

그때 폭발하는 듯한 엄마의 울음소리가 들렸다. 마이는 자신의 입술이 차갑게 떨리고 있는 것을 느꼈다. 오랫동안 그 자리에서 움직일 수 없었다. 엄마가 식당으로 들어오는 기척에 정신이 들었다.

"영국에 연락을 해야겠다. 아빠도 이쪽으로 올 거니까……. 교사 시절의 할머니 친구들 주소록이 이 근방에 있었는데……."

엄마는 서랍을 열고 찾기 시작했다. 마이도 일어나 같이 찾았다. 주소록은 반짇고리 안에 있었다.

"그럼 엄마는 전화를 할 테니까."

"알았어."

두 사람은 서로 후회를 가슴에 안은 채 한 사람은 남고, 한 사람은 거실로 사라졌다. 엄마가 가 버리자 마이는 식탁에 엎드렸다. 그리고 얼굴을 찌푸리며 "아!" 하고 쥐어짜는 소리를 내었다. 슬픈 것과는 달랐다. 가슴을 도려내는 비통에 가까웠다. 눈물도 나지 않았다. 이 냉혹함. 난 도대체 어떻게 된 걸까?

그때 똑똑 부엌문을 두드리는 소리가 들렸다. 마이는 얼굴을 들었다. 겐지 씨였다. 마이는 천천히 일어나 문을 열었다. 모든 감각이 없어지고 수없이 많은 실들이 고치처럼 온몸을 겹겹이 감싸고 있는 것만 같았다.

겐지 씨에게서 이전의 위협적이고 거만한 구석은 전혀 찾아볼 수 없었다. 믿어지지 않을 만큼 작아 보이는 몸을 구부려 마이에게 뭔가를 내밀었다.

"이걸 놓아 주지 않겠니?"

은룡초였다.

마이는 저도 모르게 앗, 하고 소리를 질렀다. 그리고 두 손으로 받았다.

"여기 할아버지가 좋아하시던 거라서. 난 별로 잘 해 드리지도 못했는데 너무 잘 해 주셨어."

겐지 씨는 눈을 깜빡이며 말했다. 겐지 씨는 울고 있었던 것이다.

"내가 할 일이 있으면 뭐든지 말해."

그렇게 중얼거리며 나가려고 하다가 발밑을 보며 말했다.

"오이풀이 엄청나게 자랐네."

마이도 알고 있었다. 마이가 아기 물망초라고 부르던 꽃이 큰 다발로 자라 아름답게 피어 있었다.

"이걸 오이풀이라고 하나요?"

마이가 처음으로 혐오감 없이 겐지 씨에게 건넨 말이었다. 고치에 쌓여 보호받고 있다는 느낌 때문이었는지는 모르지만······.

"여기서는 다들 그렇게 불러."

겐지 씨는 그렇게 말하고는 어깨를 축 늘어뜨린 채 나갔다.

마이의 손에는 겐지 씨에게 받은 은룡초가 들려 있었다. 은세공을 한 것 같은 신비한 꽃. 이 년 만에 보는 은룡초는 할머니가 돌아가신 오늘 같은 날에도 마이의 눈을 사로잡았다.

마이는 할머니가 그랬던 것처럼 은룡초 한 송이를 화병에 담아 할아버지 사진 앞에 놓았다.

그리고 아기 물망초에 물을 주려고 일광욕실로 가서 허리를 굽히다가 무심결에 더러운 유리창으로 눈을 돌렸다. 그 순간 마이는 벼락에 맞은 것 같은 충격으로 그 자리에 주저앉아 버렸다.

더러운 유리에는 조그만 아이들의 장난처럼 뭔가 쓴 흔적이 있었던 것이다.

서쪽 마녀로부터 동쪽 마녀에게.
할머니의 영혼 탈출 대성공!

아까는 없었다. 아까 겐지 씨가 왔을 때는……. 그때도 있었던가? 다만 보지 못했을 뿐일까?

할머니는, 할머니는, 할머니는 기억하고 있었던 거야. 그 약속.

마이는 그 순간 할머니의 넘치는 사랑을 내리쏟아지는 빛처럼 온몸으로 실감했다. 찬란한 빛이 고치를 녹이고 봉인된 감각을 불러일으켰다. 동시에 할머니가 확실히 죽었다는 사실도. 기쁜 건지 슬픈 건지 알 수가 없었다.

마이는 눈을 감았다. 싸울 듯이 두 주먹을 꼭 쥐었다. 더 이상 견딜 수 없어 크게 외쳤다.

"할머니가 정말 좋아!"

눈물이 끊임없이 흘러내리고 있었다.

바로 그때 마이는 분명히 들었다.

마이가 지금 마음속 깊이 절실하게 듣고 싶은 그 소리가 마이의 가슴과 부엌 가득히 따뜻한 미소처럼 울려 퍼지는 것을.

"아이 노우."

라고.

옮긴이의 말

2009년 3월 봄, 매서운 꽃샘추위를 피해 찾아 들어간 도쿄의 조그만 서점에서 눈에 익은 책을 발견하였다. 가게 앞 가장 좋은 자리에 서 있는(누워 있지 않고) 나시키 가호의 『서쪽 마녀가 죽었다』. 영화로 만들어졌다는 소문은 들은 바가 있어 영화 선전이겠거니 했는데 일본인이 가장 감명 깊게 읽은 책 1위란다. 세계에서 가장 많은 도서가 출판된다는 일본에서, 그것도 지난 수십 년에 걸쳐 가장 감명 깊게 읽은 책이 바로 『서쪽 마녀가 죽었다』라니!

맞아, 맞아. 처음 이 책을 옮기면서 초등학교 5학년이던 딸과 함께 울었었지. 이른 사춘기인지, 반항기인지 안으로만 숨어 들어가 뭘 물어도 대꾸조차 하지 않던 딸이 초고를 읽으면서 숨죽여 울던 게 생각났다. 일본에서 태어나 초등학교까지 다니다가 한국에 돌아온 터라 혹시 마이처럼 따돌림을 당하고 있는 건 아닌지, 등교 거부는 아니더라도 혹시 따돌림을 당해서 학교에 재미를 붙이지 못하는 건 아닌지 걱정이 되어 몇 번씩 물어보아도 '그냥 슬퍼서'라는 말밖에 들을 수가 없었다. 나 역시 먹먹한 가슴으로 한 자 한 자 옮겼던 기억이 되살아나 '그렇게 재미있어?'라고 묻는 게 전부였다. 아이들이 느끼는 감동이나 어른이 느끼는 감동이 똑같다는 생각을 했다.

그런데 일본인이 가장 감명 깊게 읽은 책 1위가 바로 이 책이라니! 영화가 되어 개봉되었던 2008년 7월에는 문고판 소설 판매 6주 연속 1위라는 놀라운 기록도 가지고 있다. 처음 단행본으로 세상에 나온 것이 1994년인데 십오 년이나 지났음에도 여전히 건재한 걸 보면, 일본인이 가장 감명 깊게 읽은 책 1위라는 점도 수긍이 간다. 좋은 책은 연령과 시대를 초월하기 때문이 아닐까? 일본 출장에서 돌아와 대학생이 된 딸에게 다시 이 책을 내밀었더니 환호한다. 좋은 책을 우리 아이들에게 소개할 수 있었다는 뿌듯함에 괜히 기분이 좋았다.

이 책은 학교에서 따돌림을 당하는 주인공 마이가 스스로 마녀라고 하는 영국인 외할머니네 집에서 겪는 이야기이다. 서쪽 마녀(외할머니)에게 마녀 수행을 받지만, 학교에 가지 않고 빈둥거린다는 이유로 마이를 조롱하는 겐지 씨에게 관대한 서쪽 마녀에게 감정이 상해 서먹해진다. 그로부터 이 년이 지나고 마이는 서쪽 마녀가 죽었다는 소식을 듣고 소중했던 기억들을 떠올리며 시골로 향한다. 영혼이 탈출에 성공하면 반드시 알려 주겠다던 서쪽 마녀는 마이와의 약속을 지키고 결국 두 사람은 영혼과의 교감을 통해 화해하게 된다.

따돌림, 등교 거부 등의 학교 폭력 문제나 지역 개발이라는 명목으로 파괴되는 환경 문제는 접어 두고라도, '서쪽 마녀로부터 동쪽 마녀에게. 할머니의 영혼 탈출 대성공!'이라는 영혼의 메시지와 따뜻한 미소처럼 울려 퍼지는 서쪽 마녀가 던지는 '아이 노우'라는 말에 눈물을 쏟아 내지 않을 수 없을 것이다. 이 책을 읽는 모든 사람들이 읽는 내내 행복했던 나의 마음처럼 따뜻해지길 바랄 뿐이다.

김미란

블루픽션 36

서쪽 마녀가 죽었다

1판 1쇄 펴냄 2009년 9월 25일
1판 17쇄 펴냄 2022년 6월 23일

지은이/ 나시키 가호
옮긴이/ 김미란
펴낸이/ 박상희
편집/ 한귀숙
디자인/ 이수연
펴낸곳/ (주) 비룡소

출판등록/ 1994. 3. 17. (제16-849호)
주소/ (06027) 서울시 강남구 도산대로1길 62 강남출판문화센터 4층
전화/ 영업 02)515-2000
편집/ 02)3443-4318,9
팩스/ 02)515-2007
홈페이지/ www.bir.co.kr
제품명 어린이용 반양장 도서 제조자명 (주) 비룡소 제조국명 대한민국 사용연령 3세 이상

ISBN 978-89-491-2090-4 44830
ISBN 978-89-491-2053-9 (세트)

| 블루픽션 시리즈

1. 스켈리그 데이비드 알몬드 글/ 김연수 옮김
안데르센 상, 엘리너 파전 문학상, 카네기 상, 휘트브레드 상, 마이클 L.프린츠 상,
어린이도서연구회 권장 도서, 책교실 권장 도서, 중앙독서교육 추천 도서

2. 운하의 소녀 티에리 르냉 글/ 조현실 옮김
소르시에르 상, 어린이도서연구회 권장 도서

4. 0에서 10까지 사랑의 편지 수지 모건스턴 글/ 이정임 옮김
밀드레드 L. 배첼더 상, 어린이도서연구회 권장 도서

5. 희망의 섬 78번지 우리 오를레브 글/ 유혜경 옮김
안데르센 상 수상 작가, 밀드레드 L. 배첼더 상, 머더카이 상, 아침햇살 선정 좋은 어린이 책,
중앙독서교육 추천 도서, 책교실 권장 도서, 책따세 추천 도서

6. 뤽스 극장의 연인 자닌 테송 글/ 조현실 옮김
프랑스 '올해의 청소년 책', 소르시에르 상, 어린이도서연구회 권장 도서, 열린 어린이가 뽑은 좋은 책

7. 시인 X 엘리자베스 아체베도 글/ 황유원 옮김
카네기상, 내셔널 북 어워드, 마이클 L. 프린츠 상, 보스턴 글로브 혼 북 상, 골든 카이트 어워드,
아침독서 추천 도서

9. 이매지너리 프렌드 매튜 딕스 글/ 정회성 옮김

10. 초콜릿 전쟁 로버트 코마이어 글/ 안인희 옮김
미국 도서관 협회 선정 도서, 뉴욕타임스 선정 도서, 어린이도서연구회 권장 도서

11. 전갈의 아이 낸시 파머 글/ 백영미 옮김
뉴베리 상, 국제 도서 협회 선정 도서, 마이클 L. 프린츠 상, 책교실 권장 도서, 어린이도서연구회 권장 도서

13. 나의 산에서 진 C. 조지 글/ 김원구 옮김
뉴베리 상, 미국 도서관 협회 선정 도서, 어린이도서연구회 권장 도서,
열린 어린이가 뽑은 좋은 책, 책교실 권장 도서

15. 우리 형은 제시카 존 보인 글/ 정회성 옮김
줏대있는 어린이 추천 도서

17. 푸른 황무지 데이비드 알몬드 글/ 김연수 옮김
안데르센 상, 엘리너 파전 문학상, 스마티즈 상, 마이클 L.프린츠 상, 어린이도서연구회 권장 도서

18. 킬리만자로에서, 안녕 이옥수 글
학교도서관저널 추천 도서

20. 기억 전달자 로이스 로리 글/ 장은수 옮김
뉴베리 상, 보스턴 글로브 혼 북 명예상, 어린이도서연구회 권장 도서,
열린 어린이가 뽑은 좋은 책, 교보문고 추천 도서

22. 내 인생의 스프링캠프 정유정 글
세계청소년문학상, 문화관광부 교양 도서, 어린이도서연구회 권장 도서,
교보문고 추천 도서, 학도넷 추천 도서

23. 줄무늬 파자마를 입은 소년 존 보인 글/ 정회성 옮김
아일랜드 '오늘의 책', 행복한 아침독서 추천 도서, 교보문고 추천 도서

25. 파랑 채집가 로이스 로리 글/ 김옥수 옮김
어린이도서연구회 권장 도서

26. 하이킹 걸즈 김혜정 글
블루픽션상, 한국문화예술위원회 우수문학도서, 책따세 추천 도서, 학도넷 추천 도서

27. 지구 아이 최현주 글
제11회 블루픽션상 수상작

28. 나는 브라질로 간다 한정기 글
황금도깨비상 수상 작가, 소년조선일보 추천 도서, 중앙일보 추천 도서

29. 키싱 마이 라이프 이옥수 글
한국문화예술위원회 우수문학도서, 어린이도서연구회 권장 도서, 교보문고 추천 도서,
전국독서새물결모임 추천 도서, 학교도서관저널 추천 도서

30. 꼴찌들이 떴다! 양호문 글
블루픽션상, 행복한 아침독서 추천 도서, 교보문고 추천 도서, 책따세 추천 도서,
경기도학교도서관사서협의회 추천 도서, 중앙일보 북클럽 추천 도서

31. 우연한 빵집 김혜연 글
문학나눔 선정 도서, 학교도서관저널 추천 도서, 책따세 추천 도서, 아침독서 추천 도서,
어린이도서연구회 추천 도서

32. 생쥐와 인간 존 스타인벡 글/ 정영목 옮김
미국 도서관 협회 선정 도서, 국립어린이청소년도서관 추천 도서

33. 두 개의 달 위를 걷다 샤론 크리치 글/ 김영진 옮김
뉴베리 상, 미국 어린이 도서상, 스마티즈 북 상, 영국독서협회 상 수상작,
경기도학교도서관사서협의회 추천 도서, 학도넷 추천 도서

34. 침묵의 카드 게임 E. L. 코닉스버그 글/ 햇살과나무꾼 옮김
스쿨 라이브러리 저널 선정 최고의 책, 에드거 앨런 포 상 노미네이트,
경기도학교도서관사서협의회 추천 도서, 아침독서 추천 도서

35. 빅마우스 앤드 어글리걸 조이스 캐럴 오츠 글/ 조영학 옮김
스쿨 라이브러리 저널 선정 최고의 책, 미국 도서관 협회 선정 최고의 청소년 책,
뉴욕 공립 도서관 추천 도서, 학교도서관저널 추천 도서

36. 서쪽 마녀가 죽었다 나시키 가오 글/ 김미란 옮김
소학관 문학상, 일본 아동문학가협회 신인상, 한국간행물윤리위원회 청소년 권장 도서,
어린이도서연구회 권장 도서, 아침독서 추천 도서, 책따세 추천 도서

37. 닌자걸스 김혜정 글
전국학교도서관담당교사모임 추천 도서, 아침독서 추천 도서

38. 첫사랑의 이름 아모스 오즈 글/ 정회성 옮김
안데르센 상, 제브 상

39. 하니와 코코 최상희 글
블루픽션상, 사계절문학상 수상 작가, 학교도서관저널 추천 도서

40. 파랑 치타가 달려간다 박선희 글
제3회 블루픽션상 수상작, 학교도서관저널 추천 도서, 아침독서 추천 도서,
어린이도서연구회 권장 도서, 책따세 추천 도서, 문화체육관광부 우수교양도서

41. 나는, K다 이옥수 글
학교도서관저널 추천 도서

42. 어쩌자고 우린 열일곱 이옥수 글
한국도서관협회 우수문학도서, 학교도서관저널 추천 도서

43. 앉아 있는 악마 김민경 글

44. 최후의 Z 로버트 C. 오브라이언 글/ 이진 옮김
뉴베리 상 수상 작가

46. 줄리엣 클럽 박선희 글
제3회 블루픽션상 수상 작가, 대한출판문화협회 선정 올해의 청소년 도서,
한국도서관협회 선정 우수문학도서

47. 번데기 프로젝트 이제미 글
제4회 블루픽션상 수상작

48. 똥보가 세상을 지배한다 K.L. 고잉 글/ 정회성 옮김
마이클 L. 프린츠 아너 상

49. 파랑 피 메리 E. 피어슨 글/ 황소연 옮김
미국학교도서관저널, 미국도서관협회 선정 청소년 분야 '최고의 책',
학교도서관저널 추천 도서, 책따세 추천 도서

50. 판타스틱 걸 김혜정 글
제1회 블루픽션상 수상 작가, 대한출판문화협회 선정 올해의 청소년 도서,
고래가 숨쉬는 도서관 선정 도서, 한국도서관협회 선정 우수문학도서,
경기도학교도서관사서협의회 추천 도서

51. 어쨌거나 스무 살은 되고 싶지 않아 조우리 글
제12회 블루픽션상 수상작

52. 우리들의 짭조름한 여름날 오채 글
마해송 문학상 수상 작가, 한국도서관협회 선정 우수문학도서,
국립어린이청소년도서관 추천 도서, 경기도학교도서관사서협의회 추천 도서,
2017 순천시 One City One Book 선정 도서

53. 웰컴, 마이 퓨처 양호문 글
제2회 블루픽션상 수상 작가, 대한출판문화협회 선정 올해의 청소년 도서,
경기도학교도서관사서협의회 추천 도서

54. 초록 눈 프리키는 알고 있다 조이스 캐럴 오츠 글/ 부희령 옮김
미국 내셔널북어워드, 오헨리 상 수상 작가, 경기도학교도서관사서협의회 추천 도서,
국립어린이청소년도서관 추천 도서

56. 메신저 로이스 로리 글/ 조영학 옮김
뉴베리 상, 보스턴 글로브 혼 북 명예상 수상 작가, 경기도학교도서관사서협의회 추천 도서

59. 고백은 없다 로버트 코마이어 글/ 조영학 옮김
전미 도서관 협회 선정 청소년을 위한 최고의 책,
퍼블리셔스 위클리 선정 최고의 책, 북리스트 편집자의 선택

61. 개 같은 날은 없다 이옥수 글
2013 서울 관악의 책, 목포시립도서관 추천 도서, 울산남부도서관 올해의 책,
책따세 추천 도서, 한국간행물윤리위원회 청소년 권장 도서, 한국도서관협회 우수문학도서,
국립어린이청소년도서관 추천 도서

63. 명탐정의 아들 최상희 글
제5회 블루픽션상 수상 작가, 문화체육관광부 우수교양도서

64. 갈까마귀의 여름 데이비드 알몬드 글/ 정회성 옮김
안데르센 상, 엘리너 파전 문학상, 카네기 상, 휘트브레드 상 수상 작가

65. 파랑의 기억 메리 E. 피어슨 글/ 황소연 옮김

67. 하필이면 왕눈이 아저씨 앤 파인 글/ 햇살과나무꾼 옮김
카네기 메달, 가디언 어린이 픽션 상

68. 반드시 다시 돌아온다 박하령 글
제10회 블루픽션상 수상작, 학교도서관저널 추천 도서, 세종도서 문학나눔 선정 도서

69. 원더랜드 대모험 이진 글
제6회 블루픽션상 수상작, 국립어린이청소년도서관 추천 도서, 아침독서 추천 도서

70. 나는 일어나, 날개를 펴고, 날아올랐다 조이스 캐럴 오츠 글/ 황소연 옮김
미국 내셔널북어워드, 오헨리 상 수상 작가

71. 칸트의 집 최상희 글
제5회 블루픽션상 수상 작가, 아침독서 추천 도서, 세종도서 문학나눔 선정 도서

72. 태양의 아들 로이스 로리 글/ 조영학 옮김
뉴베리 상, 보스턴 글로브 혼 북 명예상 수상 작가

73. 마법의 꽃 정연철 글
푸른문학상 수상 작가, 세종도서 문학나눔 선정 도서, 학교도서관저널 추천 도서

74. 파라나 이옥수 글
학교도서관저널 추천 도서, 사계절문학상 수상 작가, 책따세 추천 도서, 국립어린이청소년도서관
추천 도서, 세종도서 문학나눔 선정 도서, 아침독서 추천 도서

75. 그 여름, 트라이앵글 오채 글
마해송 문학상 수상 작가, 국립어린이청소년도서관 추천 도서, 아침독서 추천 도서

76. 밀레니얼 칠드런 장은선 글
제8회 블루픽션상 수상작, 학교도서관저널 추천 도서, 아침독서 추천 도서

77. 아르주만드 뷰티 살롱 이진 글
블루픽션상 수상작가, 한국출판문화진흥원 우수 콘텐츠 제작 지원 당선작

78. 굿바이 조선 김소연 글

79. 신이 죽은 뒤에 윌 힐 글 / 이진 옮김

80. 당첨되셨습니다 – SF 앤솔러지 길상효 오정연 전혜진 정재은 홍준영 곽유진 홍지운
이지은 이루카 이하루 글

81. 순례 주택 유은실 글

⊙ 계속 출간됩니다.